致女孩

最走心的999条微信

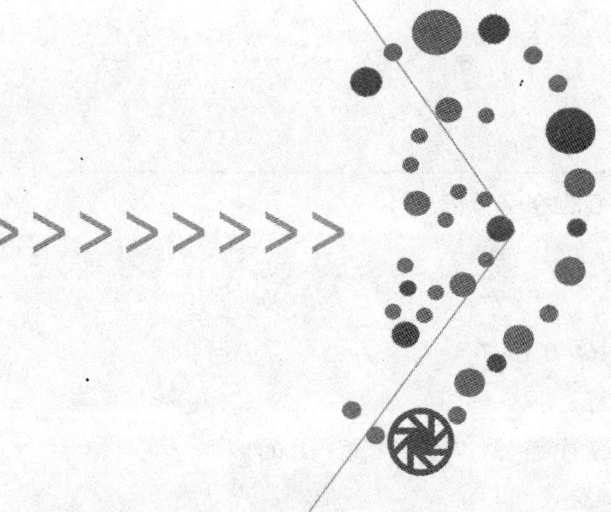

西西密码 编著
XIXIMIMA

图书在版编目（CIP）数据

致女孩：最走心的999条微信 / 西西密码编著. —北京：企业管理出版社，2014.4

ISBN 978-7-5164-0725-7

Ⅰ.①致… Ⅱ.①西… Ⅲ.①随笔—作品集—中国—当代 Ⅳ.①I267.1

中国版本图书馆CIP数据核字（2014）第040136号

书　　名：致女孩：最走心的999条微信
作　　者：西西密码
责任编辑：张　羿
书　　号：ISBN 978-7-5164-0725-7
出版发行：企业管理出版社
地　　址：北京市海淀区紫竹院南路17号　　邮编：100048
网　　址：http://www.emph.cn
电　　话：编辑部（010）68453201　　发行部（010）68701638
电子信箱：80147@sina.cn　　zhs@emph.cn
印　　刷：香河闻泰印刷包装有限公司
经　　销：新华书店
规　　格：160毫米×230毫米　16开本　14印张　200千字
版　　次：2014年4月第1版　2014年4月第1次印刷
定　　价：28.80元

前言

Preface

几个月前，我受邀参加了某心理协会主办的“致女孩的心灵”讲座，同时担任主讲的还有好朋友心理学硕士水钰，还有几个中国心理协会会员、高校心理辅导员……

这次讲座主要是答疑解惑的，是有关女孩心理健康、亲情、友情、爱情等方面的心理学知识，从而让女孩们找到自己的独特魅力，成为独一无二的自己，成就幸福生活。

讲座的大部分内容都在这本书里，可以说这本书，灌注了我对自己女儿的爱，对千千万万个别人家的女儿的爱。

现如今，物质生活富裕了，很多女孩的梳妆台上堆满了瓶瓶罐罐，衣橱里也挂的花花绿绿，更前卫的去垫垫鼻梁、隆隆胸……爱美之心人皆有之，这些都无可厚非，但大多数女孩都知道，这些美仅仅是“树木”离“森林”还远呢！

凡花之娇媚者，多不甚香，一个女孩的美丽，可没那么简单！

《幽梦影》美人者，以花为貌、以鸟为声、以月为神、以柳为态、以玉为骨、以冰雪为肤、以秋水为姿、以诗词为心，所以，想修炼成一个有独特美丽，被人赏识的美丽女孩，还有许多功夫要下呢！

希望这本书，是你喜欢的一本小品读物；

希望她简短、精炼、充满哲理的话语，能为你红袖添香；

希望她带你找到人间真情；

点亮你的五彩人生——

当你由女孩变成女人，然后渐渐老去，身边不再有童话、残酷的现实到来，那些年少时的梦破碎的时候，心灵却足够丰盈，那些蕴含着温暖、爱、智慧的力量，助你坚韧前行。

目录
Contents

幸福

【第 1 封微信】 幸福不是终点

亲爱的：幸福不是终点，幸福是努力走过的道路，路上遇到的爱与感动，路上遇到的风雨、挫折、痛苦也是因为有了它们，我们才明白了幸福的真谛。

【第 2 封微信】 认真忘记

亲爱的：该醒醒了。你已经做了太多无谓的挣扎、太多荒唐的事情、太多盲目的决定，而错过了太多本来的幸福，太多安静的生活，太多理性的选择。现在开始，请认真把你做过的都忘记，再用心把你错过的都弥补回来。

【第 3 封微信】 幸福在路上

亲爱的：不要去羡慕别人拥有的幸福。你以为你没有的，可能在来的路上；你以为她拥有的，可能在去的途中。

【第4封微信】 让自己快乐那才是真的

亲爱的：你要更精彩的活，精彩的让别人注视和羡慕，而不只是关注别人的幸福，懂得让自己快乐，那才是真的。做人一定要经得起谎言，受得起敷衍，忍得住欺骗，忘得了诺言，放得下一切，最后用笑来伪装掉下的眼泪。要记住：越是忍住泪水，越会变成幸福的良药。

【第5封微信】 心里装一些淡淡的悲伤

亲爱的：心里能装着一些时间带不走的淡淡悲伤，也是一种幸福。

【第6封微信】 世上没有坏天气

亲爱的：记住，时刻开心，生命在哪一刻停止，谁也无从知晓，生命无常，快点好好生活，该做的不要等到明日。拿出你彩虹的颜色，生活会五彩缤纷，阳光是甜美的，雨水是清新的，风是温柔的，雪是纯洁的。世上没有坏天气，只有不一样的好天气！

【第7封微信】 别相信“永远” 享受当下

亲爱的：别再相信“永远”，享受当下。

【第8封微信】 不可以恨这个世界

亲爱的：不可以恨这个世界。因为你那么爱它，它不会让你失望的。

【第 9 封微信】 学会不自卑

亲爱的：相信自己，学会不自卑，相信自己会给自己营造好的生活，学会自己依靠自己，自己的幸福自己打造。

【第 10 封微信】 唱戏看戏

亲爱的：不要把世事看得太重，我们生活在这世界上，都是戏子，台上的演，台下的看，所以，演得时候认真，看得时候就不要太认真。

【第 11 封微信】 不要总是用眼泪去打动去挽留

亲爱的：不要总是用眼泪去打动去挽留，有时候你的眼泪适得其反，微笑，一定要自信地微笑着面对一切。

【第 12 封微信】 可以偶尔

亲爱的：可以偶尔看肥皂剧，但不可成为依赖。可以偶尔披头散发，但要注重场合。可以偶尔骂脏话，但只限在老友面前或者独自一人时，记得说过后要忘掉那种畅快感。

【第 13 封微信】 不要超支

亲爱的：生活上要努力保持收支平衡，所以应该存点钱。在可能的情况下避免负债，如果你能保持收支平衡就能避免各种麻烦。

【第14封微信】 终极目标

亲爱的：幸福是一种持续时间较长的对生活的满足和感到生活有巨大乐趣并自然而然地希望持续久远的愉快心情。这既是每个人追求的目标，也是整个人类追求的终极目标。

【第15封微信】 太自私的女人不会幸福

亲爱的：太自私的女人不会幸福。

【第16封微信】 好命女孩都有好心肠

亲爱的：好命女孩都有好心肠。坏女人引人好奇，好女人令人想到“珍藏”。

【第17封微信】 理想主义

亲爱的：理想主义的女人往往没有现实的完美结局。

【第18封微信】 好心态

亲爱的：那些幸福的男女，皆是靠了“好心态”的恩赐。

【第19封微信】 别心思太细

亲爱的：心思太细的人日子总会过得患得患失。

【第20封微信】 主动出击

亲爱的：人的一辈子，碰不上几个自己真正喜欢的人。这次退却了，也许这一生就再没有机会了。世上的幸福最终都是属于主动出击的人的！

【第21封微信】 心中希望就有幸福

亲爱的：只要心中有希望存在，就有幸福存在。

【第22封微信】 嫉妒是心灵的肿瘤

亲爱的：嫉妒能造成人体内分泌紊乱，为了健康，平常心！平常心！

【第23封微信】 吃自己做的饭

亲爱的：经常自己动手做饭吃会比不做饭的人幸福感更强。

【第24封微信】 快餐只吃一点

亲爱的：不要长期吃快餐，那会让你变得焦躁、没耐心、轻率、草率，因为，快餐文化已经成为了一种心理暗示。

【第25封微信】 你甚美好

亲爱的：请相信美，相信美好，相信你甚美好。是谁说过的，我们是天使降落凡间，我们吹春天的风，淋夏天的雨，所有际遇都是上

苍最无私的给予，所以我们务必微笑着走过四季。这是一个多么美妙的世界，爱侣缠绵，孩子微笑，老人温和的言语如同蜜糖的气息，没有欺骗，没有别离，没有伤害，只有美的连绵和持续。

【第26封微信】 心简单了人就快乐了

亲爱的：我们是浩渺苍穹中一滴水、一粒埃，宠辱不惹红尘，去留难觅踪影。很多时候，我们有着勃勃野心，有着无穷欲壑，总想着身前拥有的多一些，身后留下的多一些。天空再美，鸟儿再痴情，等你飞过了，依旧长空无痕。我们实在不必苛求太多，心简单了，人就快乐了；人简单了，这个世界也就透明了。

【第27封微信】 快乐幸福地生活

亲爱的：一路上不管怎么走，我们都会际遇很多人，经历很多事，我们的心也如一个容器，装着那些放不下的人与割不断的事。如果豁达，我们会淡忘伤害和疼痛；如果善良，我们会弃置遗憾和怨恨。我们是要不停向前走的，不能让往事羁绊步履。不管过去怎样，都是过眼云烟，只有快乐幸福地生活，才是对曾经最好的交代。

【第28封微信】 走自己正确的道路

亲爱的：不管时代的潮流和社会的风尚怎样，人总可以凭着自己高尚的品质，超脱时代和社会，走自己正确的道路。现在，大家都为了汽车、房子而奔波、追逐、竞争。这就是我们这个时代的特征了。但是也还有不少人，他们不追求这些物质的东西，他们追求理想和真理，得到了内心的自由和安宁。

【第 29 封微信】 幸福无需展示

亲爱的：幸福是我们对生活丰足后的感恩，对爱情知足后的陶醉，对精神满足后的舒畅。幸福只是内心的一种感觉，我们不用展示给别人看，在别人眼里，你拥有的未必很幸福；更无须看着别人的幸福，然后来映射自己的苦痛。我们给别人看得多了，或者看别人的多了，我们内心的幸福，就会被一些杂草慢慢地湮没。

【第 30 封微信】 幸福是用来感觉的

亲爱的：幸福，是用来感觉的，而不是用来比较的。生活，是用来经营的，而不是用来计较的。感情，是用来维系的，而不是用来考验的。爱人，是用来疼爱的，而不是用来伤害的。金钱，是用来付出的，而不是用来衡量的。谎言，是用来击破的，而不是用来粉饰的。信任，是用来沉淀的，而不是用来挑战的。

【第 31 封微信】 幸福可以融化在笑容里

亲爱的：幸福可以融化在笑容里，笑容可以寄身于幸福中。

【第 32 封微信】 幸福其实是一种能力

亲爱的：人的欲望越来越大，幸福却永远只有那么多。今天 500 万能带来的快乐，和小时候 5 分钱买根冰棍差不多。物质越来越多，烦恼越来越多，幸福却越来越难找。幸福，其实是一种能力，是一种采集快乐瞬间的能力。

【第33封微信】有一种品质它叫自信

亲爱的：有一种品质，它叫自信，它能挺直你的脊梁，就算背负千钧亦不弯腰；它能坚毅你的眼神，哪怕烟雾迷蒙也不迷茫。自信的人即使看不见远方，她心中也有远方的模样；即使看不到希望，但她知道只要努力就会慢慢地靠近梦想。苦痛再多，压力再大，我们都要自信：我们错不了，我们选择的这条人生之路错不了。

【第34封微信】微微一笑是一种素养

亲爱的：被人误解的时候能微微的一笑，这是一种素养；受委屈的时候能坦然的一笑，这是一种大度；吃亏的时候能开心的一笑，这是一种豁达；无奈的时候能达观的一笑，这是一种境界；危难的时候能泰然一笑，这是一种大气；被蔑视的时候能平静地一笑，这是一种自信；失恋的时候能轻轻的一笑，这是一种洒脱。

【第35封微信】用幸福的脚印丈量生活

亲爱的：我们总认为生活中有太多的苦，其实只要你认真去咀嚼，甜蜜快乐的花絮也会漫天飞舞；我们总感觉心灵承受着无尽的累，是因为很多时候我们放大了欲望，追逐了过多不属于自己的，或者自己不需要的东西。用单纯的眼看人生，你会少了许多莫名的烦忧；用幸福的脚印丈量生活，你就会步履轻盈而洒脱。

【第36封微信】珍惜即时的拥有

亲爱的：小时候我们拼命想长大，长大后才发现还是渴望无瑕的童年；读书时我们做梦都想工作，工作后才明白最留恋的还是那些走远的寒窗时光；单身时羡慕别人出双入对，结婚后才懂得单身的自由也是一种无比的幸福我们是一路向前走的，走过了也就错过了，唯有珍惜即时的拥有，生命的记忆里才会少一些悔与恨。

【第 37 封微信】 把开心攥在手心

亲爱的：很多时候，我们的幸福快乐与物质无关，有时只是一种心灵体验，一种精神感受。林子大了，什么鸟都有，不要总在听着别的鸟儿唱着什么歌。在这个世界上，只要有你的生活空间，有你的旋转舞台，有你爱的，有爱你的，那就足够了，不要总跟自己过不去，不要纠结他人的评说，把开心攥在手心，把烦恼抛在身后。

【第 38 封微信】 人生是一本书

亲爱的：如果说，人生是一本书，那遗憾就是一串串省略号，空白之处，蕴含着深刻的哲理！生命赋予我们每一个人都是单程车票，我们活着就有自己的高尚和卑劣，就要享受生命的欢乐和烦恼。生命是上天赐予我们的特别礼物，即使陷入了绝望的泥沼中，也应该握住生命中哪怕一点点儿值得赞美的亮色，从而鼓励自己要挺住，别倒下。只要有一线希望，我们就要坚强的活下去，因为活着就会有希望。

【第 39 封微信】 脚踏实地

亲爱的："神于天，圣于地"是中国人的人格理想：既有一片理想主义的天空，可以自由翱翔不妥协于现实世界上很多规则与障碍；又有脚踏实地的能力，能够在这个大地上进行行为的拓展。

【第40封微信】 快乐很简单

亲爱的：其实快乐是一件非常简单的事，快乐就在每个人的身边，可并不是每一个人都清楚这一点。“只有简单着，才能快乐着。”不奢求华屋美厦，不垂涎山珍海味，不追名逐利，不扮贵人相，过一种简朴素净的生活，才能感受到生活的快乐，一种外在的财富也许不如人、但内心充实富有的生活，这才是自然的生活。有劳有逸，有工作的乐趣，也有与家人共享天伦的温馨、自由活动的闲暇，还用去忙里偷闲吗？“世味淡，不偷闲而闲自来。”

【第41封微信】 淡然洒脱

亲爱的：平庸的人总是有一种幸灾乐祸的心理，因为成功者总是给他们强有力的刺激。他们总是希望成功者能够功败垂成，沦为和他们一样的平庸。人生如戏，即使今天你是炙手可热的主角，明天你可能就是一个跑龙套的。可谓是：“平步青云会有时，误杀落地未尝知。”聪明人总是用平常心应对人生中的起起伏伏，这就是一种大智慧，台上台下都能自在坚韧、淡然洒脱。

【第42封微信】 可遇不可求的事情

亲爱的：眷恋的人，给不了你承诺，于是你终于明白，幸福是一件多么可遇不可求的事情。可是为何仍要飞蛾扑火，执着一生？也许就如李莫愁时常低吟的那样：问世间情为何物，直教人生死相许。这世界上最复杂的东西，一个人又如何能想得透彻？

【第43封微信】 幸福的财富

亲爱的：学会珍惜生活给予你的一切。被爱是幸福的财富，爱人是快乐是付出。假如他离开了你，微笑着给他祝福，宁愿骄傲的孤单，也不委屈的喜欢。善待自己，宽容他人。责任心、包容心、自信心一个都不能少。

【第 44 封微信】 生活还像一杯红酒

亲爱的：生活还像一杯红酒，热爱生活的人会从中品出无穷无尽的美妙，将它握在手中仔细观察，它的暗红色中有血的感觉，那正是生命的痕迹；抿一口留在口中回味，它的甘甜中有一丝苦涩，如人生一般复杂迷离；喝一口下肚，余香沁人心脾，让人终生受益。

【第 45 封微信】 沉淀悲喜

亲爱的：记忆就像手掌的水，无论你是紧握还是摊开，水都会一点一点流淌干净。很多我们以为一辈子都不会忘记的事情，就在我们念念不忘的日子里，被我们遗忘了。青春是一摊水，无论是摊开还是紧握，都无法从指缝中淌过单薄的年华。牵着你的手，无论是在哪里，我都感觉像是在朝天堂奔跑。年轮的磨损中，沉淀了悲喜，却浮上了一层唤不回的感伤。

【第 46 封微信】 意志的磨刀石

亲爱的：人生难免会和痛苦不期而遇，选择快乐的人不是没有痛苦，而是不会被痛苦所左右。痛苦并不可怕，可怕的是选择背叛自己的内心，成为痛苦的帮凶。要管理好自己的内心，选择忘记不愉快的往事，选择淡化矛盾纠葛，把痛苦当作意志的磨刀石。

【第 47 封微信】 创造人间的奇迹

亲爱的：人生之路不会是一帆风顺的，我们会遇上顺境，也会遇

上逆境。其实，在所有成功路上折磨你的，背后都隐藏着激励你奋发向上的动机。换句话说，想要成功的人，都必须懂得知道如何将别人对自己的折磨，转化成一种让自己克服挫折的磨炼，这样的磨练让未成功的人成长、茁壮。

【第48封微信】 人要看重自己

亲爱的：人要看重自己，寻找方法来定义自己的价值，不要让别人来界定你的价值，因为你自己就可以创造自我的价值；人要相信自己，勇于创造属于自己的机会和幸福，不要在意别人的否定而丧失自信，因为不是人人都能成为圣者或者伟人。生命的意义不在于活得长、活得久，而是在于活得精彩、活得充实、活得有价值。

【第49封微信】 微小的生活

亲爱的：幸福，不是长生不老，不是大鱼大肉，不是权倾朝野。幸福是每一个微小的生活愿望达成。当你想吃的时候有的吃，想被爱的时候有人来爱你。

【第50封微信】 没有选择的出身

亲爱的：有人天生的就是王，有人天生的就是贵族，但是很多人天生的就是平凡，这个世界上，没有什么不可以改变的东西，尤其你想改变的话。追求一切美好的过程是人生珍贵的财富。

【第51封微信】 不要羡慕别人的幸福

亲爱的：不要站在别人旁边羡慕他人的幸福，其实自己的幸福一直都在你身边。只要你还有生命，还有能创造奇迹的双手，你就没有理由当过客、当旁观者，更没有理由抱怨生活。因为只要努力，幸福伸手就可以够得着。

【第 52 封微信】 爱与被爱都幸福

亲爱的：明白的人懂得放弃，真情的人懂得牺牲，幸福的人懂得超脱。对不爱自己的人，最需要的是理解，放弃和祝福，过多的自作多情是在乞求对方的施舍。爱与被爱，都是让人幸福的事情，不要让这些变成痛苦。

【第 53 封微信】 你的幸福

亲爱的：一个人总在仰望和羡慕着别人的幸福，却发现自己正被别人仰望和羡慕着。幸福这座山，原本就没有顶、没有头。不要站在旁边羡慕他人幸福，其实幸福一直都在你身边。只要你还有生命，还有能创造奇迹的双手，你就没有理由当过客、做旁观者，更没有理由抱怨生活。你寻找到幸福了吗？

【第 54 封微信】 最大的幸福

亲爱的：有个懂你的人，是最大的幸福。这个人，不一定十全十美，但他能读懂你，能走进你的心灵深处，能看懂你心里的一切。最懂你的人，总是会一直的在你身边，默默守护你，不让你受一点点的委屈。真正爱你的人不会说许多爱你的话，却会做许多爱你的事。

【第 55 封微信】 只为自己

亲爱的：不要为任何人打扮自己或把自己搞得不修边幅，每天都要把自己装扮得干干净净、漂漂亮亮，只为自己。

【第56封微信】 幸福其实很简单

亲爱的：幸福其实很简单，就在你眼中，只要用心就能捕捉；就在你掌心，只要合手就能把握；就在你脚上，只要移步就能到达可是很多时候，我们望眼欲穿，我们苦苦挽留，我们东奔西走，却总是感觉幸福很遥远，那是因为看错了方向，握错了手，走错了路，不属于自己的不强求，得到的好好珍惜。

【第57封微信】 幸福与爱情无关

亲爱的：两个人在一起时间久了就像左手和右手，即便不再相爱也会选择相守，因为放弃这么多年的时光和付出需要很大的勇气，也许生命里会出现爱你或你爱的人，但那终归是过客，你还是会牵着左手或右手走下去，幸福真的与爱情无关。

【第58封微信】 幸福真短

亲爱的：幸福真短，我们总是以为这一回可以长期拥有，其实它如往常一样转瞬即逝我们对幸福的贪欲是无止境的，一旦拥有了我们会迅速适应习以为常，然后企望下一个。因此，当幸福来临，闭上眼睛抿起嘴角好好享受吧。

【第59封微信】 幸福的注脚

亲爱的：曾经我们顽固地以为，只要真诚相爱，就可以走遍整个世界。后来才发现，生活是一味软化剂，浸泡着我们激情飞扬的青春，留下的唯有麻木和困惑，任由你拳打脚踢，也冲不破四周那张无形的网。于是我们知道，有时挣扎是徒劳的，不要自寻烦忧；身边的平凡，才是幸福的最好注脚。

【第60封微信】谢谢你曾让我幸福

亲爱的：谢谢你冷却后的残酷，谢谢你的知足告诉我别再付出，谢谢你的温度记忆留在最初，谢谢你曾让我幸福。

【第61封微信】有几个人可以足够幸运

亲爱的：无可救药地喜欢一种很甜地毒药，戒不掉的东西，但喜欢终究是喜欢，不是爱。人一辈子注定了被好多人喜欢，也喜欢好多人。但是选择只有一个。并要终于这个选择。爱，又有几个人足够幸运，能够在有生之年，正确的时间，遇到真爱呢？

【第62封微信】见或者不见

亲爱的：一首美丽的情诗送给你：你见，或者不见我，我就在那里，不悲不喜。你念，或者不念我，情就在那里，不来不去。你爱，或者不爱我，爱就在那里，不增不减。你跟，或者不跟我，我的手就在你手里，不舍不弃。来我的怀里，或者，让我住进你的心里。默然相爱，寂静欢喜。

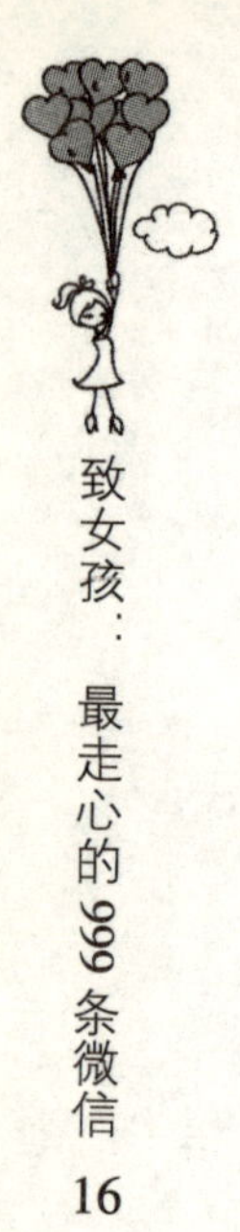

爱情

【第63封微信】 交男友

亲爱的：可以多交往几个男朋友。但是，请让他们排队领号。不要脚踏两只船，也不要让他们一拥而上。不满意的尽快脱手，满意的长期持有。不要过早的去谈婚论嫁，在这个年龄段，你还不知道自己需要什么、喜欢什么。

【第64封微信】 爱一个人是一个阶段的事

亲爱的：其实爱一个人，不是一辈子的事。爱一个人，是一个阶段的事。

【第65封微信】 绝情

亲爱的：爱得绝情才不会爱得绝望。学不会适度地“绝情’，那就永远得不到真正完满的“情”！

【第 66 封微信】 爱情不是引人羡慕

亲爱的：爱情，不是为了引人羡慕才爱。

【第 67 封微信】 好好享受

亲爱的：别给同一个男人两次伤害你的机会。别相信床上的誓言。别看重处女，但保持纯洁。不要为欲望羞耻，好好享受，但绝不忍受男人的侮辱和怠慢。

【第 68 封微信】 不能招惹的人

亲爱的：不要招惹寻找与前女友相似，和他母亲，姐姐相似的女人的男人，也不要招惹浪子、文艺青年和中年男子。

【第 69 封微信】 爱情是最坚贞也最不可靠的东西

亲爱的：我们彼此相爱过，那是段快乐惬意的日子。可爱情是这个世界上最坚贞也最不可靠的东西。时间过了，爱情淡了。相爱的人也就散了。若是缘尽也硬要原本的美好就会变成种束缚。你会无法呼吸，我舍不得看到你不自由。

【第 70 封微信】 别把犯贱当真爱

亲爱的：别把犯贱当真爱，一个男人作践自己来取悦你的时候，千万不要因此感动。这个烟头烫在他身上，下一个就可能烫在你身上。

【第71封微信】 爱情是奢侈品

亲爱的：爱情在女人的世界里一直都是奢侈品，但是如果没有，我们也能活得很好。

【第72封微信】 请喊我的名字

亲爱的：一个男人只肯喊你“宝贝”的时候，坚持要他喊你的名字。一个男人不再来找你的时候，就不要再去找他。不要相信在恋爱上用手段的男人。

【第73封微信】 分手时不要口出恶言

亲爱的：分手时不要口出恶言。吸取教训，但不要后悔。后悔没有用。别干撕照片、烧信、撕日记这样一类三流爱情电视剧中才有人干的事。

【第74封微信】 相信爱情

亲爱的：请相信爱情。相信好男人还存在，还未婚，还在茫茫人海中寻觅你。别说“男人没一个好东西”这样使别人误以为你阅人无数的话。

【第75封微信】 无法改变

亲爱的：就算眼前的这个男人，千般好，万般好，处处是优点，他不爱你，这个缺点，你永远改变不了。

【第 76 封微信】 当爱情来临

亲爱的：亲爱的，如果我们责怪爱情伤害了我们，那请问，开始的时候是不是你点头答应爱情的来临。

【第 77 封微信】 时间的妙用

亲爱的：时间，可以了解爱情，可以证明爱情，也可以推翻爱情。

【第 78 封微信】 得之我幸

亲爱的：有些事，越在意的往往得不到！在爱情里，得之我幸，不得我命！

【第 79 封微信】 温柔地爱他

亲爱的：如果你爱上了一个男人，就请你一定要记住温柔地爱他，不要总是会无理取闹，任性至极. 男人其实也很脆弱，他更多的时候也是需要你的关怀的，如果他也会任性撒娇，捏捏他的鼻子，抱着哄哄，就算他耍赖皮，学会像母亲一样温柔地对他，要知道那是因为他的心很温暖，他也需要依靠，那是他对你最大的信任。

【第 80 封微信】 眼睛会发光

亲爱的：如果一个男人爱你，他的眼睛会发光的，他会因为爱而精神焕发，如果他和你在一起总是很压抑，那想想你们之间是不是有什么矛盾，如果不是，那么请离开他，他只是在无奈地敷衍你。

【第 81 封微信】 满足和安心

亲爱的：如果你爱上一个男人，那么你不一定要很被动，等待他来找你，机会是要把握的，这句话一样可以用在爱情上，要知道错过了就没有了。要学会理解他，爱他就相信他是最好的，支持他，安心和他在一起，而且就和他在一起，你要学会让自己满足和安心。

【第 82 封微信】 爱情从来就是这样

亲爱的：别难过了，爱情不是童话，也不是韩剧，没有那么多浪漫，更不一定都有王子公主般美丽的结局。爱情从来就是这样，接受爱、享受爱，必定得承受爱带来的伤痛。

【第 83 封微信】 他根本不爱你

亲爱的：你不明白自己这么优秀，他为何还会离开。其实一个人的离开有太多的因素，也许他审美疲劳了、也许他移情别恋了、也许只是太多的也许，现在都不重要了。其实失恋与是否优秀无关，别人不再爱自己，也与优秀无关。

【第 84 封微信】 一起做饭吃

亲爱的：如果有机会，和他一起做一顿饭菜。即使不好吃，那会是你们最美的回忆。

【第 85 封微信】 别犯傻

亲爱的：不要用别的 id 去试图引诱男友以考验他对你的忠诚度，

因为无论结果如何，都不会让你满意。

【第 86 封微信】 留恋的眼神

亲爱的：送他上车的时候，一定要深情的目送车远去。你留恋的眼神，会是他归来的航灯。

【第 87 封微信】 一起看美女

亲爱的：他多看了几眼大街上的美女，不要吃醋。陪他一起看，反正这样的机会也不多。

【第 88 封微信】 我爱你

亲爱的：如果第一次逼着他说“我爱你”的时候他并不太乐意，那就不要轻易有第二次了。因为他并不觉得你那样做很可爱。何况那个答案在很多时候都是没有太大意义的。

【第 89 封微信】表白

亲爱的：当你爱上一个男孩，千万别去想自己是不是应该矜持一点。爱他就告诉他，有时候男孩也很爱虚荣，你的表白会让他的自信达到顶点。

【第 90 封微信】 直接的方式。

亲爱的：当你已经不爱他了，那么也用最直接的方式告诉他。别去考虑他会不会脆弱，男孩的自尊远比伤痛重要。

【第 91 封微信】 依靠

亲爱的：当你们已经相爱，那么就要对他信任，有什么想法就告诉他，不管他支持不支持。任何一个男孩都希望他的女人依靠他。

【第 92 封微信】 做个小女人

亲爱的：在他的朋友面前，要给他十足的地位。面子对男孩来说比什么都重要，不要介意在人前当个小女人，要知道小女人都是男孩宠出来的。

【第 93 封微信】 轻轻细语

亲爱的：他在打游戏的时候，不论你有多急的事情，也不要直接去关他的电脑。最好是搂着他，在他耳边轻轻地细语。因为男孩对游戏的执迷胜过你看一部精彩的肥皂剧。

【第 94 封微信】 男孩也有那么几天

亲爱的：男孩每个月也有那几天，跟女人差不多，心情无故低落。这个时候不要问他怎么了，只要陪在他身边。

【第 95 封微信】 让风筝去飞吧

亲爱的：他和朋友出去喝酒、打牌，你不要问他为什么不带你一块前往。男孩都愿意做风筝，只要线还在你手里，那么就放他去飞吧。

【第 96 封微信】 男孩很懒很笨

亲爱的：男孩都很懒很笨，尽管他爱你，但是不想费尽心思讨好你，你所能做的就是在适当的时候给他个明示。男孩有时候需要女人给他强有力的当头一棒。

【第 97 封微信】 他只是个孩子

亲爱的：男孩不管他外表有多强大，但是骨子里都还是一个孩子。他在任性的时候不要对他大吼大叫，这对他不起作用。最有效的办法是陪他一起疯。等他平静后轻轻地告诉他你很爱他。

【第 98 封微信】 给他台阶

亲爱的：男孩都是不肯认错的，在他知道错的时候给他一个台阶下。他会知恩图报的。

【第 99 封微信】 体谅一个男孩

亲爱的：体谅一个男孩，那就是把他当成你的爱人、情人、哥哥、朋友、父亲、孩子。

【第 100 封微信】 自由

亲爱的：爱他，不要给他负担，给他自由，给自己自由。

【第 101 封微信】 退与进

亲爱的：做女人要知道什么时候该进什么时候该退。什么时候该

挡在他的前面；什么时候该躲在他身后。把他当成你自己一样去爱护，成全了你们的幸福。

【第102封微信】别让他等太久

亲爱的：当你爱上了那个追你的男生，一定要记得，不要让他在你的门口等上太久，因为任何人的耐心都是有限的，不要以为他喜欢你就可以毫无怨言地为你白白浪费几个小时的等待时间。

【第103封微信】青春无价

亲爱的：如果你不爱他，那么请早点告诉他，不要让他再为你耗费自己的青春、感情还有金钱，更不要把他的追求当成是自己炫耀的资本，被人玩弄的感觉就像吞了一只苍蝇那样恶心，亲爱的，为了保持你的形象，请你早点拒绝他。

【第104封微信】逛街

亲爱的：逛街的时候不要一心只想着自己，其实大部分男生都是不喜欢陪着女孩逛街的，所以买了东西就赶紧回家吧，要是非要逛的话不如去找同性朋友，和她们逛起来才真的尽兴，相信谁都不想看自己的男朋友走进服装店的第一件事就是找板凳。

【第105封微信】不要攀比

亲爱的：不要和别人攀比，女生有时候虚荣心比较重，但是为了你们的将来，请千万不要说出，你看谁谁谁今天又买了什么什么的，说者无意，但是这时候男生心里面肯定很不好受，脾气好一点的会不说话，脾气不好的估计就要发火了。

【第 106 封微信】 别羞辱他

亲爱的：不要当着男朋友的面大肆夸奖别的男生，除非你是不想和他过下去了，因为这样的直接后果就是他会以为你看不上他了，所以才会这样当面羞辱他。

【第 107 封微信】 不要和别人说你们的小秘密

亲爱的：不要和别人说你们两个人之间的小秘密，即使是再亲密的朋友也不能说，除非他不知道，否则他知道了心里肯定又会有疙瘩的。

【第 108 封微信】 做错了事就要主动承认错误

亲爱的：做错了事就要主动承认错误，那种认为两个人吵架不管谁的错认错的一定是男生的想法已经过时了，现在男女平等，犯了错误承认一下又不会多长两斤肉，所以错了就请对他勇敢地说："亲爱的，我错了，原谅我好吗?"，ok，矛盾一下子全解决了。

【第 109 封微信】 远离神经兮兮

亲爱的：不要每天神经兮兮地拿着他的手机看看有没有什么不好的短信，是你的别人抢都抢不走，不是你的再怎么样都留不住的，所以相信自己，做个自信的女友。

【第 110 封微信】 对他的妈妈好一点

亲爱的：对他的老妈好一点，因为他妈妈和他在一起的时间现在

远比你们在一起的时间要长，他们的感情肯定也比你们的要深，不要问那种我和你妈妈同时落水你会救谁的问题。

【第111封微信】给他真正的安全感

亲爱的：不要背叛他，给他真正的安全感，让他能放心大胆地去开创自己的事业，并且始终记住：无论贫穷还是富有，健康还是疾病，都要相爱相依，不离不弃，直到死亡。

【第112封微信】摘下面具

亲爱的：不要动不动就呵斥男朋友，谁也不愿整天对着一张大长脸，爱他，摘下你的面具。关心他，像他关心你一样；紧张他，像他紧张你一样；爱他，像他爱你一样。在要求和挑剔他之前，先问问自己做得怎么样。不只是被爱和索取，而是平等地相互体谅，相互关怀。把你的心和他的心紧紧相连。

【第113封微信】不要过度索取

亲爱的：不要过度索取，如果你爱他，那么为了你们的将来，你应该珍惜他的收获，为你们的以后做好规划；如果你不爱他，迟早会离开他，那么不要在分手后，让他有机会在别人面前说你只是贪图他的钱。

【第114封微信】别一味地妥协

亲爱的：不要在你的爱情遭遇第三者时，一味妥协，原谅。要知道，有些事可以原谅，但有些事是一辈子的伤痕。

【第 115 封微信】 别太计较

亲爱的：不要在生活的细节上计较那么多，要知道，大部分男人是孩子，需要你的照顾。

【第 116 封微信】 给他空间

亲爱的：永远不要无休止围着你喜欢的那个男人转，要学着给他空间，否则，你要小心缠得太紧勒死了他。

【第 117 封微信】 偶尔做做饭

亲爱的：偶尔做美女私房菜给他或者老友吃。但不要天天做，你生来不是为了某个人天天下厨房。

【第 118 封微信】 聪明一点

亲爱的：从现在开始，聪明一点，不要问他想不想你？爱不爱你？他要想你或者爱你自然会对你说，但是从你的嘴里说出来，他会很骄傲和不在乎你。

【第 119 封微信】 一次只爱一个

亲爱的：平等公正地对待你和他的爱情，脚踩很多船最终会翻掉。

【第 120 封微信】 相信他

亲爱的：如果一个男人对你说他喜欢你，相信他。如果他说不再

爱你，也相信他。任何时候，要告诉自己，一个不爱你的人离开，是幸运。

【第121封微信】只做一点点

亲爱的：心血来潮时，可以帮他洗衣服，买袜子，但是不要自作多情帮他买内裤。他爱穿什么就让他穿什么。

【第122封微信】原谅他

亲爱的：如果哪个男人说了让你难堪的话，原谅他。一个被原谅的男人最后会后悔失去一个像你这么宽容的女朋友。

【第123封微信】有立场的爱情

亲爱的：卑微的爱，往往缺乏立场，没有立场的爱情，终归是得不到保障的。

【第124封微信】坚持但不执迷

亲爱的：爱情，应该坚持。爱情，不该执迷。太挣扎地去追求一份爱的结果，往往最终抓到的是空。

【第125封微信】更爱一点

亲爱的：男人女人之间的较量，输家永远是女人。不是因为你不够聪明，仅仅是因为你更爱他。

【第126封微信】 甘蔗的最后

亲爱的：甘蔗吃到最后，滋味总是越来越淡。任何一份爱情，都禁不起时间的洗涤。

【第127封微信】 两个人的事

亲爱的：爱情是两个人的事，但爱是一个人的事，失恋了，你可以继续爱他，直到再爱上其他人。其实，这也就不过是一年左右的事情。

【第128封微信】 架子不要太低

亲爱的：在爱情面前，女人的架子不要摆得太低，死缠着一个拒绝过你的男人，只会增加他心底对你的轻视。

【第129封微信】 别做演技派

亲爱的：恋爱中的女孩儿往往都是演技派，明明喜欢，却能够装得冷若冰霜，你以为这是在为自己争取主动，但这种表演只会令你心爱的男孩儿落荒而逃。

【第130封微信】 人生和爱情一样

亲爱的：爱情是什么？让人无所适从，让人神魂颠倒，面对爱情的时候，勇敢一点，大胆说出自己的爱，有花堪摘直须摘，莫待无花空折枝。人，总会生老病死，怎么过都是一生，错过了爱情就错过了生命的精彩。

【第131封微信】 微爱情是什么

亲爱的：微爱情是什么爱情？卑微的爱情，渺茫的爱情，埋在一个人心底无人知晓的爱情，没钱人的爱情，超人间的爱情，青春期甚至少儿期的爱情，快节奏时代像浮云一样的爱情，或是微时代特有的爱情。

【第132封微信】 完整的爱情

亲爱的：爱情不是1+1=2，而是0.5+0.5=1。既，两个人各削去一半自己的个性和缺点，然后生活在一起才完整。

【第133封微信】 爱情就是这样

亲爱的：爱总是会使我们有太多期许：希望长久，希望不会分别，希望占有和实现。而最终只是觉得有些许厌倦，不知道该往哪里去。爱情就是这样，有些人会慢慢遗落在岁月的风尘里，哭过，笑过，吵过，闹过，再恋恋不舍也都只是曾经。

【第134封微信】 真正的爱情

亲爱的：真正的爱情，不是一见钟情，而是日久生情；真正的缘分，不是上天的安排，而是你的主动；真正的自卑，不是你不优秀，而是你把他想得太优秀；真正的关心，不是你认为好的就要求他改变，而是他的改变你是第一个发现的；真正的矛盾，不是他不理解你，而是你不会宽容他。

【第 135 封微信】 因为我爱你，所以我愿意

亲爱的：热恋时，可以什么都不在乎。只要你要，只要我有，因为我爱你，所以我愿意。一旦感情平复了下来，心中就会出现接连不断的计较，为什么我付出的比你多；为什么我什么都可以给你，你却要有所隐瞒，然后冷战、争吵、分手、和好，冷战走得过的就是执子之手，走不过的就只能缅怀当初。

【第 136 封微信】 遇到一个忽冷忽热的人

亲爱的：如果，你遇到一个喜欢跟你忽冷忽热的人，请转身离开。如果，你遇到一个喜欢跟玩躲猫猫的人，请果断离开。如果，你遇到一个喜欢跟你暧昧却不给承诺的人，请决绝地离开！离开是让自己邂逅那个给你真爱的人，离开是为更好的幸福。不以一生托付的交往都是耍流氓，因为寻找安稳恒久的人伤不起啊！

【第 137 封微信】 不如留住他

亲爱的：维系一段感情的，不是坦白，而是要考虑到对方的感受，有所保留。爱一个人，与其为了他的幸福而放弃他，不如留住他，为他的幸福而努力。

【第 138 封微信】 爱情垄断主义

亲爱的：恋爱的 A 方利用对对方无限溺爱让 B 离不开自己，状态达成后开始严重剥削 B。这就是爱情垄断主义。真正的爱情是让对方首先独立，其次在一起。

【第139封微信】 爱情的滋味

亲爱的：爱情就像白米饭，浪漫过程就像菜。人饿时，会想着吃饭。但吃完后，更多人喜欢去评论菜好不好吃，而忽略白米饭的味道。

【第140封微信】 爱是一瞬间的礼物

亲爱的：能够慢慢培养的不是爱情，而是习惯。能够随着时间得到的，不是感情而是感动。所以爱是一瞬间的礼物，有就有，没有就没有。

【第141封微信】 爱情心计

亲爱的：爱有10个心计：①保持独立；②不纠缠对方，不会凡事围着他转；③神秘莫测，不会亮出自己的底牌；④欲擒故纵，让他心急难堪；⑤不让他看见自己的狼狈相；⑥以自己的节奏行事；⑦保持幽默感；⑧相当自信，不会乱吃醋；⑨珍爱自己的身体；⑩对某些事情的热情超过对他的需要。

【第142封微信】 这是爱情

亲爱的：爱情是一点动心，爱情是一种默契，爱情是一种巧遇，爱情是一个约定，爱情是一句誓言，爱情是一个憧憬，爱情是一种执着，爱情是一种忠诚，爱情是一种守望，爱情是一缕思念，爱情是一丝惆怅，爱情是一声叹息，爱情是一种哀怨，爱情是一种痴迷，爱情是一种怀念！

【第 143 封微信】爱情很简单

亲爱的：爱情其实很简单，就在你眼中，只要用心就能捕捉；就在你掌心，只要合手就能把握；就在你脚上，只要移步就能到达。可是很多时候，我们望眼欲穿，我们苦苦挽留，我们东奔西走，却总是感觉幸福很遥远，那是因为我们看错了方向，握错了手、走错了路、不属于自己的别强求，已经得到的要珍惜。

【第 144 封微信】 爱情公式

亲爱的：你知道这些公式吗？①气你+逗你=喜欢你；②学你+跟你=暗恋你；③疼你+顺你=想追你；④想你+念你=爱上你；⑤追你+顺你=想娶你；⑥疼你+骂你=在乎你；⑦烦你+不理你=想甩你；⑧尊重你+关心你=已分手。

【第 145 封微信】 爱情最高境界

亲爱的：爱情的最高境界，不是一方为另一方无休止的付出以换取回报，而是你丰富了我的生命，我也丰富了你的生命。我们相遇之前是两个人。相遇之后，不是变成一个人，而是变成一个半。我要把一半留给自己，那样我才可以更清醒地去爱你。

【第 146 封微信】 因为爱情

亲爱的：因为爱情，不会轻易悲伤；因为爱情，一切都是幸福的模样；因为爱情，简单的生长，依然随时可以为你歌唱；因为爱情，不会有沧桑，我们还是年轻的模样；因为爱情，在那个地方，所以你我便不再孤寂，低眉，抬头，都是快乐。

【第 147 封微信】 爱情从未离开

亲爱的：原来，爱情从来没有离开过，只是你记得，而他却忘了！失去的东西已经失去了，伤害还是伤害，道歉并不能让时间倒转，也不能让发生的事情过去。有人牵着，去哪里都可以；有人回应着，说什么也可以；因为那是两个人的事情，就算再无聊，也会变得很幸福。

【第 148 封微信】 爱就要努力

亲爱的：爱就是要努力在一起。不要相信日韩肥皂剧中所谓的因为不能让彼此幸福而离开。是否想过，你们正是对方的幸福。爱不是逃避，是努力。不是逃避着给彼此幸福的责任，而是努力的实现让彼此幸福的义务。当你说离开是为了不让对方受到伤害的时候，你已经给对方造成了最大的伤害。

【第 149 封微信】 真正的爱情

亲爱的：真正的爱情不在于你知道他有多好才要在一起；而是明知道他有太多的不好还是不愿离开。

【第 150 封微信】 成为仙人和超人的环境

亲爱的：身在爱情里的人是仙人，身在婚姻里的人超人。

【第 151 封微信】 爱情的底线

亲爱的：爱情是有底线的。例如，你会为了一个爱的人杀人，犯罪吗？显然不会，所以爱并不是越多越好，而是要恰当和健康。还是先学会了做人，然后再去爱吧！

【第 152 封微信】 一边是洗具一边是杯具

亲爱的：爱是人生的一部分，付出了爱，并不意味着就一定能收获到爱。人生中的爱情就像刷牙一样，一边是洗具，一边是杯具！

【第 153 封微信】 如果有一段爱情

亲爱的：如果有一段爱情能让你变得美丽，或是激起你某种潜能和动力，那么，即使这段爱情没有结果，它也是美丽的，是值得你无怨无悔的。就像一朵花的开放，花也许知道，它开完以后就会凋落，它凋落后却不一定有果，但它还是开了，开得那么热烈，在它最美丽的时节。

【第 154 封微信】 不要因为距离太远而放弃

亲爱的：不要因为距离太远而放弃，爱情可以和你一起坐火车的。不要因为对方不富裕而放弃，只要不是无能的人，勤劳可以让你们富裕的。不要因为父母反对而放弃，你会发现因为这个原因而反放弃的爱情，将是你一生的悔恨。

【第 155 封微信】 不要走她的路

亲爱的：不要走她的路：第一段爱情，她遇到了一个把她捧在手心里的他，可惜她不懂得珍惜，认为只是感动而不是爱；第二段爱情，她遇到了喜欢的他，而他却不如第一个他对她那般好，她会怀念，会迷茫，会觉得这是上天对她的惩罚，所以她选择忍受。其实，

错过一次，并不代表要一直错下去，不要用错误处罚错误。

【第156封微信】 笨与聪明加法运算

亲爱的：你知道吗？笨男人+笨女人=结婚；笨男人+聪明女人=离婚；聪明男人+笨女人=婚外情；聪明男人+聪明女人=浪漫爱情。

【第157封微信】 当能爱时

亲爱的：这是她的故事，她曾经觉得他不够英俊，不够有前途，不够浪漫可是，当一场车祸带走了他，她才终于明白，那个最疼她的人去了，这世上再没有人能容忍她的无理任性，再没有人爱她如生命。所以，当能爱时，就好好爱吧；当有爱时，就好好珍惜吧。

【第158封微信】 我们的岁月

亲爱的：如果有这样的爱情多好：20岁，你是我的唯一；30岁，爱情就是事业的护身符；40岁，我们在婚姻中共同成长；50岁，你陪我慢慢苍老；60岁，我们手拉手一起看夕阳；100岁，我们一起消失在世界的尽头，留给世界的只是一个相爱的话题。

【第159封微信】 残忍的爱情

亲爱的：爱是一个人的事，爱情则关乎两个人。不管他多贫穷、无趣、自私、逃避甚至背叛，我都爱了，而当他不再爱你的时候，不论你再付出什么，舍弃什么，卑微到什么程度也不可能再把他挽回。爱情来得突然，走得更是匪夷所思，原本一通传达思念的电话，却带来分手的讯息，这就是爱情残忍的一面吧。

【第 160 封微信】 什么是爱情

亲爱的：年少时，不懂得什么是爱情，什么是生活，盲目去爱了，发现生活却充满艰辛；成年了，懂得什么是生活了，也准备去好好生活了，却发现爱情已经没有了；到了晚年，才真正明白爱情来临过，生活美好过，只是从来没有珍惜过。

【第 161 封微信】 爱情集结号

亲爱的：“只要一朝拥有，别管天长地久！”这句劳动人民经过实践得到的真理，现在已经变成滥情的借口。如果在相爱的时候，这样对你说，说明他已经做好了撤退的准备，你就不要再对这个男人有什么幻想了。听到这句话，要把它当成“集结号”，你要尽快收回自己付出的情感，保护好自己的心不要被伤害。

【第 162 封微信】 真正的爱

亲爱的：真正的爱，是接受，不是忍受：是支持，不是支配：是慰问，不是质问：真正的爱，要道谢也要道歉。要体贴，也要体谅。要认错，也要改错：真正的爱，不是彼此凝视，而是共同沿着同一方向望去。其实，爱不是寻找一个完美的人。而是，要学会用完美的眼光，欣赏一个并不完美的人。

【第 163 封微信】 不要给对方太大的期望

亲爱的：不要给对方太大的期望，也不要许诺些什么。当你让他失望，却又很快给他一个惊喜，这样，他会心悦诚服。即使你没有，你也要设法让他感到你努力不让他失望。所以，聪明的人不会说我永

远爱你，他们只会说："我不知道可不可以，但我会努力。"

【第 164 封微信】 去付出爱

亲爱的：当你觉得对方对你有好感时，其实是你对人有好感。当你觉得对方讨厌你时，其实是你讨厌对方。这种反射作用，常常会发生。喜欢和爱，也是反射作用。所以，爱上不爱自己的人，毕竟是比较少数的。感受不到爱，却仍然去付出爱，可以说是傻，也可以说是伟大。

健康

【第 165 封微信】 笑容是最好的化妆师

亲爱的：来不及化妆，至少来得及微笑，笑容是最好的化妆师！愿我们都可以做一个向日葵般美好的女孩子，做一个温暖人心的女孩子！

【第 166 封微信】 请相信美好

亲爱的：不要琐碎，无病呻吟，不要流于小感伤和小感动。你要相信温暖，美好，信任，尊严，坚强这些老掉牙的字眼。我不要你颓废，空虚，迷茫，糟践自己，伤害别人。

【第 167 封微信】 拍拍自己的脸

亲爱的：伤心和委屈的时候，要号啕大哭。哭完后拍拍自己的脸，挤出一个微笑给自己看。不要揉，否则第二天早上会眼睛肿。

【第 168 封微信】 我值得拥有最好的一切

亲爱的：要原谅这世界和自己。要告诉自己，我值得拥有最好的

一切。

【第169封微信】招人喜欢的女孩

亲爱的：做一个阳光乐观、招人喜欢的女孩，热情待友，智慧对情，积极生活，追逐梦想！

【第170封微信】善良的外衣

亲爱的：打扮得再美，穿得再昂贵，那只是个幌子，用善良做的外衣才是真的美。

【第171封微信】自寻烦恼

亲爱的：不要去好奇，不要去关心，他的前任女友长得如何，身材如何，你这样只是自寻烦恼罢了。

【第172封微信】哭泣的时候

亲爱的：不要在你哭泣的时候，说气话，下决定，你会后悔的。

【第173封微信】别假装清纯

亲爱的：你清纯就罢，你假装清纯，比丑还难看，明白吗？

【第174封微信】嫉妒心改变不了什么

亲爱的：美貌，智慧，金钱，很多事，都是天生注定的，别想用你那嫉妒心，改变什么。

【第 175 封微信】不要整天问你爱我么

亲爱的：不要整天问，你爱我么？当你问的时候，他就不爱你了。

【第 176 封微信】别总沉迷于爱情

亲爱的：整天沉溺于爱情，只会令你的世界越来越虚幻。与其强求不可得的爱情，不如学会好好经营自己的幸福人生；与其哭哭啼啼地抱怨难以控制的爱情局面，不如学会抽身事外，用淡然的眼光看待爱情。

【第 177 封微信】真性情的女孩

亲爱的：偶尔任性，却不犀利。偶尔敏感，却不神经质。乐意和大家分享所有开心和不开心的事情。高兴，就笑，让大家都知道。悲伤，就哭，然后当做什么也没发生。

【第 178 封微信】对于这些我们要清楚

亲爱的：对于购物，我们量力而不攀比；对于娱乐，我们爱好但不丧志；对于家庭，我们忠诚但不刻板；对于金钱，我们喜爱但不贪婪；对于享受，我们追逐但不放纵；对于爱情，我们相信但不迷失。

【第 179 封微信】规律的生活

亲爱的：尽力去运动，停止嫉妒，别再无精打采。告诉自己还年轻，充满感激。不贪图安逸，给自己有动力、规律的生活，珍惜时间吧。

【第180封微信】打扮优雅从容再出门

亲爱的：心怀感激，把注意力集中在快乐的事情上。每天尽可能打扮优雅从容再出门。

【第181封微信】好好梳理一次已经过去的人生

亲爱的：好好梳理一次已经过去的人生。做一个坚强的女子，坦然面对，勇敢体会，酸甜苦辣，个中滋味。

【第182封微信】做自己的决定

亲爱的：做自己的决定。然后准备好承担后果。

【第183封微信】坚持自己最基本的原则

亲爱的：慎言、独立，学会妥协的同时，也要坚持自己最基本的原则。

【第184封微信】明白付出并不一定有结果

亲爱的：你要明白付出并不一定有结果。

【第185封微信】给水加些作料

亲爱的：在水里加一点盐，不只杀菌，还可以祛油脂；在水里加一点蜂蜜，可以让你更年轻；在水里加一点醋，可以让你的皮肤变得光滑有弹性，还不容易长痘；在水中加一点绿茶，可以有效地抵抗辐射。

【第 186 封微信】 重新开始

亲爱的：分手了，大哭一场，不要企图再和好、破镜难圆。即使圆了也有无法抹除的伤痕，除非我们真的会喝孟婆汤忘记昨天。好好去睡几天，可以让自己颓废几天，但是一定不要让自己发霉，我要你用几天的时间思考和忘记，然后轻装上阵，重新开始。

【第 187 封微信】 有一个好睡眠

亲爱的：记得保持好的睡眠，皮肤光洁的女人是最显年轻美丽的，当你抱着一大堆零食狂吃的时候，看看自己的腰，是不是还是很苗条，记住好的身材和嘴巴的节俭有很大关系哦。

【第 188 封微信】 不要连阴雨

亲爱的：你肯定又在哭泣了，那么大哭吧，不要让自己和连阴雨一样，漫长无期，不要期望让别人去可怜你，学会站起来，微笑，去化个淡妆，出去走走，大吃一顿，晚上再幸福地睡。

【第 189 封微信】 颓废不是一种美

亲爱的：无论如何不要吸烟。不要觉得那些美女吸烟的姿势有多优美，不要觉得那种颓废是一种美。我宁愿你在心情郁闷需要发泄的时候去疯狂 shopping。

【第 190 封微信】 少与多

亲爱的：少喝果汁多吃水果，少吃零食多喝水，少坐多站，少想

多看，少说多做，少怀旧多憧憬。

【第191封微信】更美好的人生

亲爱的：减肥是为了更美好的人生。要是因为减肥而失去了生活的乐趣，不如放弃。

【第192封微信】愤怒的时候数到30再说话

亲爱的：愤怒的时候数到30再说话。

【第193封微信】晒晒太阳

亲爱的：做好防晒，但记得适当地晒晒太阳。心情也会进行光合作用。真的。

【第194封微信】带该带的

亲爱的：随身携带：面纸、镜子、护垫、钱包（里面有钱）、钥匙。不随身携带：旧情人送的戒指、照片、回忆。

【第195封微信】运动并坚持

亲爱的：选一项喜欢的运动并且坚持下去。

【第196封微信】别放大自己的寂寞

亲爱的：如果可以不抽烟，别抽。如果可以不喝酒，别喝。再郁闷也不要去泡酒吧。一个孤独的女子手握高脚杯或者抽烟，会更添寂寞感与忧伤。

【第 197 封微信】 偶尔傻一下

亲爱的：偶尔傻一下有必要，人生不必时时聪明。

【第 198 封微信】 没有丑女人

亲爱的：没有丑女人，只有懒女人。不愿意用时间来装扮自己的女人，请不要对其他的美丽女人心生嫉妒不满。

【第 199 封微信】 什么才是真的美

亲爱的：口腔不要有异味。随身携带口气清新剂和补妆的物件。不要真的以为素面朝天是一种美。香口胶吃过后要用纸包起来丢到垃圾桶。

【第 200 封微信】 原谅生活的悲伤

亲爱的：原谅生活的悲伤，其实就是解脱自己。

【第 201 封微信】 女人的噩梦

亲爱的：报复让女人活在噩梦里。

【第 202 封微信】 鸡毛蒜皮

亲爱的：别为鸡毛蒜皮的事较真。

【第 203 封微信】 别让人对你指指点点

亲爱的：小 S 说：其他女人都能瘦下来为什么你不行？你难道就喜欢别人对你不堪入目的身材指指点点？就喜欢每天对着肥大的裤子把自己粗壮的腿塞进去？就喜欢身边的很丑但很瘦的女人穿着你穿不进的美衣？体重 3 位数的女人没有未来！要么瘦，要么死！

【第 204 封微信】 保养要趁早

亲爱的：张爱玲说“成名要趁早”，章子怡却说“保养要趁早”。你本事再大，长得再漂亮，也没法逃掉自然规律，再好的皮肤二十几岁就开始老化，皮肤的保养就得从这个年龄开始。

【第 205 封微信】 不搽香水的女人没未来

亲爱的：时尚女神 cocochanel 说：“不搽香水的女人是没有未来的。”这锋利的话语犹如判决书，让很多人或推崇极致或目瞪口呆，但却表明了她对香水的态度“你看不见香水但它却是不可缺的时尚饰物。你人未到场，香水已为你开路；你离去后，袅袅余香仍萦绕不散，延长你的风采。”

【第 206 封微信】 永远不要小看保持身材的女人

亲爱的：这意味着她们有着常人不能比的意志力和忍耐力，拒绝掉了常人不能拒绝的诱惑。一个减肥的女人，她必须控制饮食，坚持运动，勤练瑜伽，拒绝一切能让自己长胖的美味和热量。这样的超强毅力和控制力，用在情场和职场上，简直就是无往而不利。

【第 207 封微信】 简洁都是最好的

亲爱的：无论蕾丝内衣还是工作报告，简洁都是最好的。

【第 208 封微信】 嫁大款就像抢银行

亲爱的：嫁大款就像抢银行，收益很大，但后患无穷，若能不试，还是不试为好。

【第 209 封微信】 向谁献殷勤

亲爱的：男人总是向不把他看在眼里的女人献殷勤，命运也是。

【第 210 封微信】 尊严感如胸衣

亲爱的：尊严感如胸衣，把女人托得高贵，但故意显露，则流于庸俗。

【第 211 封微信】 要脸要命

亲爱的：女人 10 点到 12 点不睡觉，就等于不要脸；到凌晨 4 点还不睡觉，就是不要命了。你经常过着不要脸和不要命的日子吗？

【第 212 封微信】 接吻美容

亲爱的：一个热情的吻会使面部 29 块肌肉处于紧张状态，这 29 块肌肉包括 12 种唇部及 17 种舌头部位的肌肉。换句话说，接吻可以被看作是一种有效地锻炼方式，它能够使皮肤更加光滑，预防皱纹，

也能够加速血液循环。

【第213封微信】 恋爱减肥

亲爱的：法国心理学家帕希尼说，恋爱中的人新陈代谢功能会加强，肾上腺功能增强，分泌出能令人振奋的氢化可的松，这使恋爱中人血液循环较佳，皮肤较好，神色奕奕。由于新陈代谢加快，人就会在没察觉之中减肥哦。

【第214封微信】 用脑美容

亲爱的：苏联一位生理学家研究指出，哪怕是最简单的脑力劳动也可引发身体消耗大量的能量，身体肥胖的人应该多做一些用脑子的事情，每天有一定的时间让前脑紧张起来，不要饱食终日，无所专心。

【第215封微信】 裸睡美容

亲爱的：裸睡能够促进新陈代谢，更神的是它能让血液得到很好的循环，皮肤充分呼吸，油脂消耗加快达到减肥作用，还有不得不提的就是它还能让那些妇科常见的腰痛及生理性月经痛得到减轻，而且使肌肉能有效放松，对治疗紧张性疾病的和失眠很有疗效。

【第216封微信】 注意安全

亲爱的：绝不要让自己处于危险的境地。就是说，不要相信还不真正了解的人，有时还要回避看似有趣的活动。这个社会总还是有不好的人，所以最好不要过度冒险。

【第 217 封微信】 搞笑美容

亲爱的：中国有句俗话“笑一笑，十年少”。目前，出现了一种以专门逗人笑来美容的场所。人们通过聊天、讲笑话，来缓解内心的紧张与压力，使面部肌肉得以自然放松，从而促进血液循环，加速细胞的生长，并激发细胞的活力，产生意想不到的美容功效。

【第 218 封微信】 聊天美容

亲爱的：和谐的交流，会使人的面部肌肉放松，这有利于促进脸部的血液循环，不仅有利于脸部皮肤细胞的生长，而且还可激发皮肤细胞的活力，从而预防皱纹的产生，达到美容的目的。

【第 219 封微信】 睡觉美容

亲爱的：一边享受美容师娴熟的按摩，一边聆听柔和的音乐，在身心皆放松的情况下慢慢进入梦乡。第二天早晨，从睡梦中醒来，就会惊喜地发现自己的皮肤变得又嫩又滑，年轻了许多。

【第 220 封微信】 香熏美容

亲爱的：听着轻柔悠扬如天籁的音乐，在飘逸着沁人心脾芳香的环境中，接受专业美容师的护理，最终使你的容颜恢复明媚动人，全身肌肤变得细腻紧实，同时心理压力也得到释放，身心舒畅。

【第 221 封微信】 植物美容

亲爱的：一些美容学家和植物学家根据植物光合作用、呼吸作用

的原理，培植出了会释放出营养的植物。这些植物包含激发皮肤细胞活力的负氧离子和保湿因子，可以一边欣赏花草植物，一边自然地进行美容。

【第222封微信】维他命C

亲爱的：维他命C具有促进上皮细胞合成角蛋白和胶原蛋白的作用，能够使皮肤具有柔韧性和富有弹性。

【第223封微信】香精油

亲爱的：2500朵玫瑰才能抽出1cc的香精油，它最大的作用就是能让人的体内散发出阵阵香味，大大减少人的体臭、口臭和运动后的汗臭味。此外也有助于促进血液循环、缓和过敏性皮肤炎，也因香精中富含维生素A、E和玫瑰油等多种成分，对除皱、美白，甚至减肥都有不错的效果哦。

【第224封微信】吹气减肥

亲爱的：胖子天天对着热水袋吹气后，人居然瘦下来了。真是"无心插柳柳成荫"，胖子喜出望外，将好消息奔走相告。许多坚持瘦身的人每天向热水袋里吹气，每坚持一个月就能瘦十斤左右。

【第225封微信】"再生"时间美容

亲爱的：美容专家认为人体皮肤细胞在晚上更新得更快，是皮肤的"再生"时间；因此，睡前的洗脸不要再漫不经心。最好配合温水洗面时轻拍皮肤，轻柔按摩可以加快表皮血液循环。然后根据皮肤状况均匀涂上晚霜或晚露。如果没有优质晚霜，不如什么化妆品也不要涂抹，以防不能滋润皮肤，反而堵塞毛孔。

【第226封微信】咀嚼美容

亲爱的：嘴里咬块口香糖或吃饭时细嚼慢咽，都可积极调动脸部肌肉而加速其血液循环，使双颊逐渐红润。不仅如此，经常咀嚼还可神奇般减少面部已有的皱纹，使皮肤更光滑。

【第227封微信】蜂灸美容

亲爱的：神雕侠侣中，小龙女曾经用蜂针为身中剧毒的老顽童解毒；《大长今》中，长今的舌头失去味觉，也是依靠蜂针得以痊愈。现在有美容店推出了“蜂灸经络内调疗法”，真正将蜂针的神奇功效运用到了美容当中啦。

【第228封微信】身体健康很重要

亲爱的：常常去运动。做个安静的林妹妹固然很好，但是身体健康更重要。

【第229封微信】指肚弹击美容

亲爱的：剪去指甲，用十个指肚在脸部似弹琴状轻轻弹击敲打，可以改善皮肤新陈代谢的状态，抑制皱纹和色素斑点的产生。此法比起搓擦皮肤的美容效果更好。

【第230封微信】牙膏美容

亲爱的：牙膏中含有甘油、碳酸钙、淀粉、白胶粉、水、肥皂

粉、香料、杀菌剂、增白剂等多种物质。因此，清早起床后借刷牙的机会，取少量牙膏涂擦脸部，然后在洗脸时洗掉，可以去除脸部污垢油腻，削磨脸部细小疤痕，滋补脸部皮肤，达到洁肤、漂白、保健的功效。

【第 231 封微信】 米汤美容

亲爱的：在煮大米粥或玉米粥时，适量加水。煮熟后取米汤适量涂抹脸部，可使谷物所含蛋白质中的多种氨基酸及其他营养成分渗入皮肤表皮的毛细血管中，达到促进表皮毛细血管血液循环、增加表皮细胞活力的功效。

【第 232 封微信】 牛奶土豆美容

亲爱的：土豆泥具有滋润肌肤的作用，葡萄皮具有漂白作用。若将蒸熟的土豆研磨成土豆泥，加入鲜牛奶搅拌均匀；将温水浸软的葡萄皮用小刀切碎，放入土豆泥中制成膏状物涂抹脸部，可以起到美容作用。

【第 233 封微信】 回家别忘了卸妆

亲爱的：你是不是整天跑东跑西，惹得脸上聚集满了灰尘、烟尘、彩妆和堆积的皮肤排泄物，却又不注意休息，导致脸色如此灰暗。那么切记，回家一定记得用深层卸妆乳，来去除皮肤上一天下来积累的灰尘、烟尘、皮肤代谢废物，让皮肤更加畅快地呼吸，也便于营养成分更好地吸收。

【第 234 封微信】 每个女孩都曾犯过的错误

亲爱的：这可能是每个女孩都曾犯过的错误，你可以偶尔为之，但是绝对不能养成习惯。睡觉前不卸妆，彩妆会堵塞毛孔导致痤疮等皮肤问题。如果你精疲力竭地回到家中只想赶快上床睡觉，那可不行，只要你还有一丝力气，就要用含有卸妆成分的洗面奶好好洗脸。

【第 235 封微信】 不同的眉型对应不同的脸型

亲爱的：就像不同的发型适合不同的脸型一样，不同的眉型对应着不同的脸型。眉毛形状、粗细、长短的不同都会有很大差别，而且决定着别人对你的第一印象。不要过度修眉，太细的眉毛会让你看上去总是处于“惊讶”状态。

【第 236 封微信】 每天都吹头发

亲爱的：如果你每天都要洗头吹头，甚至是给头发做造型，但是没有留出 1—2 天给头发放个假的话，那你一定要每周都进行一次深层护理来给毛鳞片增加营养。在用加热工具前（吹风机、卷发棒等）用保护喷雾来保护头发，比如沙宣唤醒打底润发水，为各种造型做好准备，还能防止造成深度热损伤。

【第 237 封微信】 每天使用带 spf 的乳液

亲爱的：根据美国癌症协会报告，每小时都有一个人死于皮肤癌。预防皮肤癌只需每天使用带 spf 的乳液。不是户外工作的人群，冬天 spf20，夏天 spf30 以上就足够。

【第 238 封微信】 压力过度是一个坏习惯

亲爱的：习惯性压力会导致脱发、细纹、痤疮、眼袋以及其他一些不好的状况出现。对情绪和生理上的影响也是毋庸置疑的。当你精

神焕发，没有压力的困扰的时候，皮肤状态也会焕然一新。看看模特们在后台忙里偷闲看电影，无论多忙碌，也要适时给自己减压。

【第239封微信】胡乱美黑

亲爱的：现在已经不是一白遮百丑的时代了，我们当然同意有光泽的肌肤更加迷人。但不管怎样，你都不应该让自己持续暴露在有可能造成皮肤癌的有害uv射线下。在出门前，还是要记得擦点防晒霜。

【第240封微信】适量运动排除毒素

亲爱的：不爱运动除了肚皮长肉，肌肤也平添了不少困扰。要知道皮肤上的细胞有呼吸和排泄的功能，能排出体内的毒素，适量的运动可以让身体里的毒素随着汗水排出来，当皮肤排毒受阻，自然会阻碍肌肤变白。

【第241封微信】滥用美白祛斑品

亲爱的：不管自己的肤质怎样，盲目去尝试各种宣称能够美白祛斑的产品，将自己的脸变为各种美白产品的“试验田”，结果肌肤不但没变白，痤疮、色斑、暗沉等肌肤问题却越来越严重。不恰当的保养方法对皮肤的损伤是最大的。美白产品也是因人而异的，不同的肌肤应该对症下药挑选不同成分及功效的美白产品。

【第242封微信】很容易受伤的皮肤

亲爱的：有些人为了美白，会频繁地做磨砂或者做一些化学脱皮，让皮肤的表皮角质层脱离，以为做得越多越好，实际上做得太频繁，皮肤对光就越敏感，变得干燥，太阳晒一晒马上就会起红疹，色素沉着反而比原来更加严重。肌肤耐受性差，面对外界小小变化都很容易受伤！

【第 243 封微信】 到了夏天才想起要防晒

亲爱的：很多 MM 在春天、秋天、冬天时护肤做了很多步：美白、补水、祛痘等等，唯独把防晒忽略了。眼看夏天到了，日晒越来越严重才慌忙购买防晒霜，不要以为紫外线只在盛夏时候出没，其实它是无处不在，甚至晚上它还可以通过沙滩、水泥路等反射，还能穿透玻璃呢！紫外线防护不到位，想白？太难了！

【第 244 封微信】 防辐射工作要做好

亲爱的：不要总是 QQ 聊天，很多 MM 让自己的肌肤对面电脑的时间超过了 10 个小时，结果抹了不少美白产品，却没见白多少，肌肤反而更为暗沉。其实好多问题肌肤都是电脑辐射带来的。为巩固美白功效，除了有意识地减少面对电脑的时间，防辐射的隔离工作也很重要。

【第 245 封微信】 控制一下自己的嘴巴

亲爱的：麻辣烫、烧烤、辣子鸡、薯片每样都是馋嘴 MM 的心头大爱，恨不能每天吃一次。MM 们大快朵颐的时候，往往选择性的忽略了红红的辣椒油和垃圾食品中的各种添加剂。而食物中过多的人工添加剂会造成内脏的负担，造成黑色素沉淀，表现在肌肤上就是斑点和肤色暗沉。为了容颜美丽，MM 们还是控制一下自己的嘴巴吧！

【第 246 封微信】 偏爱浓妆需注意

亲爱的：烟熏妆、日晒妆，爱美的 MM 们为了造型出位，常年将

色彩浓郁的妆扮“挂”在脸上，有的MM因为玩得太累，甚至还带妆睡觉！年纪轻轻就发现肌肤变得越发粗糙和晦暗。长期使用含铅、汞等化学金属成分多或者是添加香料的化妆品，很容易引起皮肤的黑色团。

【第247封微信】 重要的一个环节防辐射

亲爱的：夜店里流光溢彩的灯光和热闹刺激的场景让MM们时常光顾。MM们尽情欢乐的时候往往忽视掉重要的一个环节：防辐射！夜店里的灯光紫外线含量高，长时间将肌肤暴露在强紫外线下，可造成皮肤颜色加深或形成斑点，另外皮肤的老化也会加速，所以光顾夜店之前先做好防辐射和隔离的工作吧。

【第248封微信】 黄脸婆就是这样炼成的

亲爱的：MM们在洗衣服、洗碗时，难免会接触过这些化学品，由于没有及时清洁，任由化学洗涤品在脸上侵害肌肤。你知道吗？像洗衣粉、洗洁精等清洁剂中都含有碱、脂肪酸等化学成分，在消灭了污渍的同时也损伤了皮肤，斑点就会悄悄地爬到脸上，所谓的“黄脸婆”就是这样练成的！

【第249封微信】 用手撑脸生皱纹

亲爱的：开会时、看书时、脑袋有点儿晕时，这个动作真的很常见。长此以往，是会生成永久性皱纹的。因为托腮时，手掌对脸部的挤压会造成脸上的皮肤被拉扯，很容易出现皱纹。最可怕的是，这个动作一旦造成皱纹，就是永久性的，不同于皮肤干燥所导致的细纹、幼纹。

【第 250 封微信】 皱鼻子要注意

亲爱的：在微笑或大笑时年轻女孩常爱做这个动作，这可是脸上最早出现皱纹的部位，因为这可是常受表情肌牵动的部位。像眼尾、眼下、眉心、额头等这些肌肤受到牵动时有纹路出现，但只要表情回复，纹路就不见了，那还不必担心。若需较长时间表情纹才消失，你就要注意了。

【第 251 封微信】 整天愁眉苦脸要不得

亲爱的：这样会使皮肤细胞缺乏营养，脸上的皮肤干枯无华，出现皱纹，同时还会加深面部的“愁纹”。笑一笑，十年少。情绪稳定对内分泌平衡十分重要，拥有一颗温和宽容心的女人是十分美丽的，其实也并不只是一种心理上的印象。

【第 252 封微信】 熬夜是皮肤保健的大敌

亲爱的：睡眠不足，会使皮肤细胞的各种调节功能失常，影响表皮细胞的活力。所以每天至少要睡 8 个小时，如果低于这个水平，可要对自己的健康指数重新估计。睡眠是否充足会很容易地表现在皮肤上，尤其是娇嫩的眼部肌肤。而一个香甜的好觉，则可以消除皮肤的疲劳，使皮肤细胞的调节活动处于正常，延缓皮肤的老化。

【第 253 封微信】 经常曝晒怎么行

亲爱的：吸收过量的紫外线坏处多多，轻则令皮肤变黑变粗，重则可导致皮肤癌，而它当然也是皮肤提早老化的罪魁祸首之一了。因为阳光直射会直接损伤皮肤深层的弹性纤维和胶原蛋白，致使面部皮

肤变得松弛无光泽，出现皱纹。所以，要养成使用优质防晒品的好习惯。

【第254封微信】抽烟喝酒衰老提前

亲爱的：尼古丁对皮肤血管有收缩作用，所以吸烟者皮肤出现皱纹要比不吸烟者提前10年到来，所以，如果你是一个抽烟者，看上去就会比同龄人衰老10岁。而喝酒会减少皮肤中油脂数量，促使皮肤脱水，间接影响到皮肤的正常功能。

【第255封微信】水是生命之源

亲爱的：水是生命之源。让肌肤及时补充足够的水分，才是护扶的关键所在。水分如果摄取不够，会导致油脂分泌量不足，皮肤就很容易脱水，所以每天必须强迫自己喝6至8杯的水，但是不要喝富含咖啡因的饮料。

【第256封微信】少吃刺激性的食物

亲爱的：赶快悬崖勒马！刺激性的食物，比如辛辣的、油炸的，对于皮肤有如定时炸弹，煎炸品，辣食都要适量减少，才会有助于肌肤内分泌平衡，减少暗疮和油腻等皮肤问题的出现机会。而果蔬中的维生素对皮肤大有好处，况且果蔬不但美味可口，令人心情大好，而且也可做成天然面膜，效果很好。

【第257封微信】偏爱某侧牙齿小心“大小”脸

亲爱的：因为一段时间牙疼或因为某种个人爱好长期保持单侧咀嚼的坏习惯，会让经常咀嚼食物那边的面部肌肉越来越强壮，而另一边面部肌肉则由于经常不用而退化。只要你养成了这种习惯，那么每日三餐都会忍不住去保持。久而久之，就会造成左右面部大小不同，形成“大小”脸。

【第258封微信】挤眉弄眼

亲爱的：有些MM，在说话或做表情时，表情一夸张就会这样。可却不知道长期以后，额头上会有抬头纹悄悄出现。因为任何拉扯皮肤的动作重复多次都会生皱纹，即使是说话时眨眼睛或挑眉。

【第259封微信】过度洗脸事倍功半

亲爱的：认为洗脸是保持肌肤清洁干爽的基础步骤，只要一有空，洗。觉得脸上出油了，洗。出了一身汗，洗。过度的洗脸会刺激皮肤分泌油脂，更容易滋生细菌，这样的皮肤环境更适合痘痘的生长发育。其实不管是什么季节，早晚清洁一次面部就已经足够了，当然洁面的时候也不能马虎，否则只会事倍功半。

【第260封微信】把汗液擦干

亲爱的：脸上只是留了一点汗，何必费力掏纸巾擦呢，就让它自然蒸发吧！其实，哪怕只是出了一点点汗，也要把汗液擦干。因为，健康的皮肤是呈弱酸性的，细菌比较适宜在碱性的环境下生存。而汗水就是弱碱性的，这样就容易给细菌提供了一个理想的生长环境。但是这个擦干仅限于用干的手帕擦干，否则又变相洗脸了。

【第261封微信】进入深度睡眠期

亲爱的：千万别这么想：反正年轻，只要高兴，管他明天有没有

精神，有睡意才去睡觉，于是每天晚上养成了熬夜的习惯，其实10点到6点，是皮肤新陈代谢最活跃的时段，也是皮肤自我修复和养护的最佳时段。每天10点钟睡觉对于众多上班族来说不太现实，不妨把时间限定在11点钟以前。这样在子夜时分就可以进入深度睡眠期，对皮肤的养护作用也是一样的。

【第262封微信】亲手战“痘”

亲爱的：几乎每一个长过痘痘的人，都有挤痘痘的经历。长期会令皮肤感染留下痘疤。自己挤痘痘容易引起红肿发炎，留下痘疤。面对痘痘一定要管住自己的手。要知道，一个可恶的痘痘从出现到消失的时间不过两三天，但如果挤破它造成感染，痘疤消失的时间是一个月甚至更长。

【第263封微信】让皮肤舒缓镇静

亲爱的：很多人认为，痘痘出现代表毛孔里有脏东西，所以要彻底清洁。长期会令毛孔变大肌肤受损。清除毛孔内污垢的撕拉式面膜，在任何暗疮阶段都不适合使用。它们只会引发敏感发炎，导致毛孔扩大、肌肤松弛，造成皮肤进一步受损。在痘痘尚未红肿发炎时，使用一些舒缓镇静的面膜倒是能够帮助痘痘加速消失。

【第264封微信】超时敷面膜易过敏

亲爱的：有人认为敷用时间和效果成正比，有人则常常忘记了时间。长期这样会令皮肤变干、过敏，还会变老。敷面膜前一定要看说明书，一般面膜在脸上的停留时间不宜超过15分钟。敷面膜超时后，面膜会倒过来从肌肤中吸收水分，还会给毛孔戴上“口罩”，影响皮肤吸收营养和分泌油脂，引起过敏。

【第 265 封微信】 把甜点当正餐

亲爱的：明星说每天都做面膜，于是很多人也每天都做面膜，认为这样是护肤的最佳手段。其实频繁地敷面膜，只会让肌肤负担过重，造成肌肤薄弱和缺氧。面膜于护肤程序中的地位，好比甜品在食物摄取中的地位，再好吃也不能取代正餐。每天敷用面膜不是好的护肤方法，一周做两次就够了。

【第 266 封微信】 戴墨镜不是为了漂亮

亲爱的：看不清楚时、阳光刺眼时、做鬼脸装可爱时就会眯眼。长期眯眼会令鱼尾纹爬上眼角。眼周肌肤厚度只有身体肌肤平均厚度的 1/4，很容易因不良表情造成皱纹生成。为了减少 10 年后的眼周皱纹，近视美女一定要佩戴度数合适的眼镜。外出时则一定要戴墨镜，不是为了漂亮，而是为了防止你不自觉地在阳光下变成“眯眯眼”。

【第 267 封微信】 把眼皮当皮筋

亲爱的：眼睛感觉不适时、化妆时、涂抹眼霜时都难免拉扯眼皮。尤其画眼线或戴隐形眼镜时最容易拉扯眼皮，其次就是涂抹眼霜时手法的错误。无论如何，要尽量避免拉扯眼周的皮肤，否则皱纹可就找上你了！涂抹眼霜时应用无名指，因为它是力度最小的一根手指。手法是轻轻向下按压帮助吸收，而不是左右涂抹。

【第 268 封微信】 只买一瓶卸妆液

亲爱的：眼部和面部的肌肤不同，因此卸妆的成分也有所不同。专用于眼部的卸妆液不含油分，其 PH 值和泪水相似，才能保证温和

不刺激眼周。如果图省钱、省事，将面部卸妆液用于眼部，不但会刺激皮肤，还会造成色素沉淀、脂肪粒生成。此外，卸除眼妆时一定要轻柔再轻柔，在棉片和棉签的帮助下来小心卸除眼部彩妆。

【第269封微信】太迷信DIY

亲爱的：对水果、酸奶、蜂蜜等天然成分的过度相信造成了DIY面膜风潮，其实这样作对皮肤来说有不小的风险，因为DIY面膜的原料和工具并没有想象中的那样清洁安全，而有些原料加入的分量和浓度也很难掌握。台湾就有位女士，由于敷用DIY面膜差点毁容！所以如果不是很有经验，还是不要把DIY秘方奉为美容法宝，随便就把一堆食物敷在脸上的好。

【第270封微信】滥用维生素c

亲爱的：谁都知道维生素c是个美白的好东西，人体也不能缺少它，但是对它的滥用会不利身体的健康。一项新的研究显示，服用维生素c丸可能加剧动脉硬化。对某些人而言，还可能会促进肾结石的形成。也有可能引起肠胃不适、抗凝血剂受干扰、红血球破坏、过量吸收铁质及铜的利用不良。

【第271封微信】只重外不重内

亲爱的：其实大多数人的美白工作只做了一半，因为没有重视内部调理。对于人体的各个部位来讲，饮食都起着很大的决定作用，肌肤也不例外。选择正确的美白食品，能够让你的美白工作事半功倍，而且让肌肤看起来更有元气，也会越来越有光泽。

【第 272 封微信】 用手指挖面膜

亲爱的：你以为你的手很干净，但那只是你的错觉。手上的细菌、灰尘很多，进入面膜之后会造成面膜的品质变坏，污染整罐。而面膜如果是大口包装，使用时敞着口任其接触空气也是不对的，护肤品的污染会造成皮肤的恶化。在使用面膜或其他护肤品时都要尽量避免以手直接接触产品，或者手要酒精消毒，也可以用干净的挑棒或小勺取用。

【第 273 封微信】 盲目使用撕拉面膜

亲爱的：为了更好的解决肌黑头和油腻问题，很多人爱上了撕拉面膜。尽管能快速的带来效果，但如果使用次数过多或方法不当，会导致毛孔逐渐粗大、皮肤过敏，严重的甚至会令肌肤松弛、提前老化。所以一定要谨慎使用。

【第 274 封微信】 让皮肤会呼吸

亲爱的：每个女孩子，同时都应该备有两款清洁产品。一款相对强力一些，用完了会有一些爽利的感觉；另一款比较温和，用完了会有点没洗干净的错觉。早晚分开，晚上的清洁比较彻底，用爽的，早晨的只是去掉一些皮脂，只要温和带过就好了。

【第 275 封微信】 懒 MM 护肤

亲爱的：出门也好，约会也好，总要化些淡妆，清晨起赖床 10 分钟比什么都珍贵。懒美人支招，用手指上妆是最节约时间的方式。用手指在肤色容易黯淡、毛孔较为粗大的 T 区处画两道粉底，然后向

四周拍开涂抹均匀之后再补一点在两颊处。用手指上眼影也很简单，只需用手指在眼帘上来回扫几下就OK。

【第276封微信】斑点是这样出来的

亲爱的：坏习惯是这样的不注重防晒，偏爱浓妆，过度美白，不良的清洁习惯，长期面对电脑，爱食用色素类食品，不爱运动。所以说，该运动的就去运动，该做瑜伽的做瑜伽，该去健身房的去健身房，该在家让对象帮忙的让对象帮忙陪练，一句话，健康才能美丽！

【第277封微信】纤纤玉手

亲爱的：钻戒再漂亮，若没有漂亮的玉手，也构不成美丽的风景。而偏偏双手终日会暴露在空气里，并且时刻遭受摩擦，是人体最早显现老化迹象的部位之一，因此手部的护理一样不可或缺。

【第278封微信】只重脸不重脖

亲爱的：如果说脸部是女人外貌的重点工程，那么脖子就是一个女人的品位工程了，它能体现一个女人对细节的关注和追求。不注重颈部护理，轻则会让你的脸部肌肤和颈部肌肤有色差烦恼，重则会造成颈纹横生，比面部的细纹更显老态。

【第279封微信】善待自己

亲爱的：可以没有闲钱去健身房，但你可以天天爬楼梯而不是乘电梯；可以没有兰蔻、倩碧或雅诗兰黛，但是你得记住，不沾烟酒、避免熬夜、好好睡眠都可以让你的肌肤变得美丽；可以不做水疗SPA，但是你得记住绿茶、牛奶、白水这些多多益善。

亲情、友情

【第 280 封微信】 瞬间长大

亲爱的：有的人对你好，是因为你对他好；有的人对你好，是因为懂得你的好！——成熟不是心变老，而是眼泪在眼睛里打转，我们却还能保持微笑；总会有一次流泪，让我们瞬间长大。

【第 281 封微信】 尊重别人尊重自己

亲爱的：别瞧不起劳动人民。不要为劳动羞耻。土地不脏，汗味不难闻。请尊重那些似乎生活状况不如你的人，因为这样才是尊重自己。永远体恤那些生活在底层的人们，因为我们的亲人就是在这些人群中。我们不娇贵。不要小看一分钱。

【第 282 封微信】 别怀疑友情

亲爱的：被朋友伤害了的时候，别怀疑友情，但提防背叛你的人。原谅，但并不遗忘。

【第283封微信】存几分天真

亲爱的：做人存几分天真童心，对朋友保持一些侠义之情。要快乐，要开朗，要坚韧，要温暖。

【第284封微信】你有一个独立的CPU

亲爱的：不认同别人的看法很正常，因为你有一个独立的CPU，要学会尊重。

【第285封微信】记得父母爱你

亲爱的：生活中无论发生了什么，家始终是你的家。无论你遇到什么困难，你都可以告诉家人，家人会尽力帮助你，他们是你永远的坚强后盾。

【第286封微信】相信一句话

亲爱的：要相信，这句话，再轰轰烈烈的爱侣，也比不上平平淡淡的父母。

【第287封微信】要有一个家

亲爱的：人到一定的年龄，记得让自己安静在一个地方，你可以漂泊，但孤独会让你的人生如干瘪的黄土地，总是要有一个家的。记得经常给妈妈电话，问候爸爸，他们是最爱你的。

【第 288 封微信】 生命的代价

亲爱的：不要认为谁离开谁就活不下去，要知道，你的生命来自父母，除他们之外，没有任何人值得你付出生命的代价，而你的父母只会希望你快乐平安。

【第 289 封微信】 和他们共进晚餐

亲爱的：爱父母，每周一次打电话或者抽时间共进晚餐。

【第 290 封微信】 让心灵驰骋

亲爱的：放假了，别忘了做几件事：多陪陪父母，他们是你最近的温暖，不要习惯了漠视他们的存在；多爬爬山，那里没有城市的浑浊，没有情感的纠结，你能在攀登中体验激情，在登顶后宽阔胸襟；多读读好书，书中你可以纵览古今，穿越时空，让心灵驰骋，让精神飞翔。

【第 291 封微信】 世上有这样一个人

亲爱的：你给她脸色看，你冲她发牢骚，你无理顶撞她，甚至当着她的面甩门而去，她都不会记恨你，原因很简单，因为她是你的妈妈，你走得再远，她都放心不心；你长得再大，也是她心中的娃，我们再忙，也别忘了一直默默爱着我们的一生含辛茹苦的妈妈。

【第 292 封微信】 朋友是一杯清茶

亲爱的，朋友是一杯清茶，很淡。仔细品尝却有很浓烈的味道！

朋友是一屡清风，很柔。轻轻的滑过脸庞是那么的亲切！朋友是一丝丝的小雨，很甜。滋润我们的心房是那么的惬意！朋友是爱与爱之间的呼唤，朋友是心与心之间的交流。

【第 293 封微信】友谊值得用一生去保留

亲爱的：你不知道流星能飞多久，值不值得追求；你不知道樱花能开多久，值不值得等候；但你知道友谊，能像樱花般美丽，像恒星般永恒，值得用一生去保留。

【第 294 封微信】 男女有别

亲爱的：女人往往喜欢坦白心事，男人则恰恰相反。

【第 295 封微信】 不要试图改变谁

亲爱的：不要试图改变谁，因为谁也改变不了谁，只有，他愿不愿意为你改变。

【第 296 封微信】 说过的话要做到

亲爱的：说过的话一定要做到，哪怕是很愚蠢的，也总比言而无信的好。

【第 297 封微信】 别被人发现你的伎俩

亲爱的：小心眼，嫉妒心，仇恨，报复，女人的伎俩不过如此，你要施展没关系，关键的是你别被人发现。

【第 298 封微信】 不要想尽办法向很多人炫耀

亲爱的：不要想尽办法的向很多人炫耀你有很多男性朋友。因为，别人不仅不会羡慕你，只会看轻你。

【第 299 封微信】 学会关怀他人

亲爱的：学会关怀他人，可能一个眼神、一句问候，一点真诚的付出，就会给那些身处困境的人带来希望，改变一个人一天的心情，甚至挽救一个脆弱的生灵！

【第 300 封微信】 让友谊的花香飘荡

亲爱的：这里有说不完的心事，抒不完的情怀，书写浪漫和精彩；这里有理解和欣赏，这里有思念和牵挂，记录快乐的感受。真诚的问候，真心的祝福，在心灵深处流淌着阵阵温馨和延绵，让友谊的花香飘荡在美丽的心田！

【第 301 封微信】 做一个善良懂事的人

亲爱的：做一个善良懂事的人，从饶舌者那里学会沉默，从褊狭者那里学会宽容，从残忍者那里学会仁慈。

【第 302 封微信】 懂得如何快乐

亲爱的：做一个温暖的女子。做一个爱笑的女子。快乐并懂得如何快乐。快乐并感染身边的人快乐。

【第303封微信】存在于内心

亲爱的：喜欢不喜欢不是嘴说就能证明的，因为它存在于我们的内心。纵使嘴里说“不喜欢”并不能阻挡爱本身。所以有些事情不要去强求说出口才行的话语。

【第304封微信】学会说对不起

亲爱的：记住要学会说对不起，你可以觉得自己很荣耀，但是要学会认错和低头.

【第305封微信】学会浅浅地笑

亲爱的：学会浅浅地笑，任何时候；愤怒会让你变得丑陋，当别人冒犯你，要记得用你的智慧回击他，不要骂人，即使你很生气，也要学会很美丽，但是对卑鄙的人不要客气。

【第306封微信】最惹人爱的姑娘

亲爱的：如果你很喜欢交朋友，那也要学会过滤，不是什么朋友都能交的，学会让自己的生活不要那么混乱，学会自爱。学会很乖，即使很多的时候你都很刚烈很倔强。学会不要每次都说出伤人的话，学会让自己的嘴巴过滤文字，因为别人认识你，更多的时候是通过你的嘴巴，学会让自己的嘴巴很乖巧很温柔，这样你就是最惹人爱的。

【第307封微信】习惯

亲爱的：习惯的脚步、习惯的问候、习惯的祝福、习惯的留言、习惯的话语，来自朋友。

【第 308 封微信】 学会巧妙拒绝

亲爱的：你可以虚荣，但是记得，你的虚荣心要学会自己满足自己，如果有男人特意地对你好，那么如果是他真的喜欢你追求你，你也很中意他，学会很巧妙地接受. 如果那是个不怀好意的男人，请告诉自己，天下没有免费的早餐，学会巧妙地拒绝。

【第 309 封微信】 眼睛就可以了

亲爱的：如果前男友再回来找你，要弄清楚他想做什么，如果他只是想弥补他的内疚，那你可以让他的 QQ 只保存在陌生人里，他的一切你不要再用心看了。闭上眼睛，再睁开眼睛，告诉自己，我终于重生了。

【第 310 封微信】 每个人的知识面不一样

亲爱的：如果别人对你说："这我不知道。"千万不要做惊讶状："不会吧？"每个人的知识面不一样，你认为可能是常识的东西很可能在别人看来是不需要掌握的。

【第 311 封微信】 女人之间的友谊

亲爱的：女人之间的友谊是很微妙的。即使多么好的关系，都存在着由虚荣心而产生的妒忌。异性之间会好一些，尤其是当你们之间没有任何利害关系的时候，他会欣赏你。不过，请永远记着那句话：这个世界唯一不会妒忌你的人只有你的父母。

【第312封微信】男人是比女人功利的

亲爱的：在爱情方面，大多数情况下，男人是比女人功利的。他们大多不会做无意义的事情，所以如果一个男人千方百计的照顾你，别妄想他只是想和你做纯洁的兄妹关系。

【第313封微信】不要为了图热闹

亲爱的：无论多么亲密的女性朋友，都不要为了图热闹让她和自己以及男友三个人经常在一起。

【第314封微信】别光惦记着异性

亲爱的：别光惦记着异性。要有几个不离不弃、从小到大的闺房密友。男人类型不多，生活大同小异。你们可以交流经验，取长补短，绕过已经证实错误的道路，避免已经上演过了的悲剧。爱情不能替代友情，纵使遭遇旷世奇缘，爱到天崩地裂，也要珍惜这些陪着你长大，最了解你、最没有利益和企图的闺房密友。

【第315封微信】不妨养一两个宠物

亲爱的：二十岁的女孩子，如果寂寞，不妨养一两个宠物。这样既能培养爱心、呵护性情，又多了一个倾诉那些你无法和好友甚至父母分享悄悄话的途径。

【第316封微信】可以不认同

亲爱的：可以不认同，但学会尊重。

【第 317 封微信】 打电话记得微笑

亲爱的：打电话的时候记得微笑，对方“听”得见。

【第 318 封微信】 回报浅浅的微笑

亲爱的：对善意欣赏你的男子回报浅浅的微笑。

【第 319 封微信】 有几个死党

亲爱的：要有几个死党，独自一人的时候，保证还能有死党为你端茶送水。而不是声竭力嘶地号叫为什么说爱你的那个人不能来陪你。

【第 320 封微信】 不要随便借肩膀

亲爱的：万一脆弱得不行了，请选好哭泣的对象，不要随便借肩膀和胸膛。

【第 321 封微信】 检查一下着装

亲爱的：出门前，记得照镜子，检查一下着装是否协调。如果时间太紧，建议睡觉前就选好第二天穿的衣服。

【第 322 封微信】 约定的时间之前一定要到达

亲爱的：不管是和谁约会见面，约定的时间之前一定要到达。

【第 323 封微信】 喝醉酒别打电话

亲爱的：万一不小心喝醉了酒，不要打电话给任何人，包括死党和他。

【第 324 封微信】 晚上早点回家

亲爱的：晚上早点回家，自己没有车，超过十点要打的士，或者让人来接。

【第 325 封微信】 孤单时有个温暖的去处

亲爱的：有固定的消遣场所，比如固定的咖啡馆、书店。让那个地方的服务生认识你，这样，你会在孤单时有个温暖的去处。

【第 326 封微信】 保持应有的涵养

亲爱的：任何场合，保持应有的涵养。学会说谢谢、辛苦您、对不起。做错了事情要懂得道歉和改过。

【第 327 封微信】 AA 制

亲爱的：对于不想交往的人，不要应邀去吃饭喝咖啡，哪怕只是一块钱。没有后续发展和希望的交往，会浪费人家的钱和感情，这叫贪图享乐，贪慕虚荣的女子会让人瞧不起。如果实在碍于朋友介绍的情面抹不开，记得 AA 制。

【第 328 封微信】 原则问题

亲爱的：对于你不想交往的人送来的礼物，原封不动寄回去。这是原则问题。

【第 329 封微信】 发怒的人很恐怖

亲爱的：能不和人争吵就尽量避免。一个发怒的人是很恐怖的，会因控制不了情绪变成疯子。

【第 330 封微信】 做人的意义

亲爱的：买东西可以讨价还价，但如果对方不小心多找了你钱，要退回去。不要因贪小失去了做人的意义。

【第 331 封微信】 尊重你以后的岁月

亲爱的：公共场所，给人行方便，特别是老人家。你也会老去，所以尊重老人就是尊重你以后的岁月。

【第 332 封微信】 大声说不

亲爱的：对你不情愿做的事情大声说不。比如酒席上，轮到你喝酒，而你不善喝酒，大可以茶代酒，而非含恨饮醉。

【第 333 封微信】 不要超过 24 小时

亲爱的：不管和谁有了矛盾和别扭，解决的时间不要超过 24 小

时，否则麻烦会更多。

【第334封微信】懂得放弃的女人

亲爱的：懂得放弃的女人，能得到更多的幸福。

【第335封微信】女人的智慧之美

亲爱的：气度与平常心是女人的智慧之美。

【第336封微信】做个“糊涂”女人

亲爱的：不妨做个“糊涂”女人。

【第337封微信】温柔是通行证

亲爱的：温柔是女人征服世界的通行证。

【第338封微信】柔情是一道风景线

亲爱的：女人的柔情是一道风景线。

【第339封微信】以柔克刚

亲爱的：以柔克刚是一种交际的艺术。

【第340封微信】女人的交往

亲爱的：女人，永远只能心平气和地与比自己更倒霉的女人交往。

【第 341 封微信】 人情归人情

亲爱的：人情归人情，事情归事情。人情事情混为一谈的人，做不了大事情！

【第 342 封微信】 谎言如同吸毒

亲爱的：谎话编到最后，总会遇上测谎仪的！撒完一个谎，总需要更多更大的谎言来自圆其说。谎言永远不是独立的，如同吸毒，总会越说越上瘾。

【第 343 封微信】 不肯吃小亏的人

亲爱的：不肯吃小亏的人，是要吃大亏的。

【第 344 封微信】 得理让人

亲爱的：理直也不要气壮，得理也要饶人。

【第 345 封微信】 容得下世界的心

亲爱的：成功者成功的要素不在于强干的能力，而在于一颗容得下世界的心。

【第 346 封微信】 女人把一个男人当成哥们儿

亲爱的：女人把一个男人当成哥们儿的前提往往是：这个男人不

太讨厌，条件也不太差劲，可以有进一步发展的空间。

【第347封微信】 学会与同性相处

亲爱的：女人，学会与同性相处，这是一门实用技术，这是你的人生舒不舒服的关键所在！

【第348封微信】 表现坦诚

亲爱的：对任何事情都表现坦诚，包括自己的错误，这样的女人终归会赢得重视！

【第349封微信】 不必是完美女神

亲爱的：一个人朋友的多少是与他的缺点多少成正比的，缺点越多，朋友也有可能越多，不必让自己变成完美女神，那会令你丧失更多的快乐！

【第350封微信】 坚持中方现真诚

亲爱的：有一种缘，放手后成为风景，有一颗心，坚持中方现真诚。

【第351封微信】 选择与爱

亲爱的：选择自己所爱的，爱自己所选择的。

【第352封微信】 知己

亲爱的：为你的难过而快乐的是敌人，为你的快乐而快乐的是朋友，为你的难过而难过的才是你的知己。

【第 353 封微信】 没有朋友的人生是孤独的

亲爱的：“过去酒逢知已千杯少，现在酒逢千杯知已少”。没有朋友的人生是孤独的，不完整的，可是，因为生活的忙碌，渐渐少了联络，友谊就变淡了，所以，抽点时间，联络朋友一起聊聊天。

【第 354 封微信】 挺身而出

亲爱的：让情谊在笑声中升腾，当朋友遇到了难题的时候，一定要记得挺身而出，即便帮不了忙，安慰也是最大的支持。

【第 355 封微信】 交朋友基因也来做主

亲爱的：人们选择交什么样的朋友，除了性格、爱好等原因，还与基因有关。美国一项新研究发现，朋友之间存在基因上的“同气相求”现象，也存在“异性相吸”现象。排除种族、性别等影响因素，有些基因格外相似，有些又格外不同。人们倾向于结交基因组与自己相似或不同的朋友。

【第 356 封微信】 重色轻友是普遍现象

亲爱的：你是否感觉陷入恋情的朋友有点“重色轻友”？这或许是个普遍现象。因为每个人心里，只会为亲密关系保留 5 个空位，恋人的出现会占掉两个（男人一般有 4~5 个亲密伙伴，而女人一般有 5~6 个闺密）。当恋人出现时，人们就会不自觉地“抛弃”两个亲密的朋友。

【第357封微信】 让你的笑一直渗透到心里面

亲爱的：一个不甚关心你，尚未走进你内心的人，看到你的笑脸，他会相信你是快乐的——而我知道，你的笑容与你的心情无关，那只是你的一种礼仪，一种包装，一种防护。我清楚你笑容的背后，渴望有双能够看穿的眼，有只能够相牵的手，有个能够依靠的肩，他能融化你所有的苦痛辛酸，让你的笑一直渗透到心里面。

【第358封微信】 别人的嘲笑

亲爱的：嘴长在别人的身上，耳朵长在自己身上，说不说，是他们的事情，听不听，是你自己的事情了，我们要学会微笑地面对这一切。

【第359封微信】 常怀一颗感恩的心

亲爱的：一个人，如果常怀一颗感恩的心，那么他就会感觉到什么叫幸福，并且随时能品尝到幸福的滋味，就会更加珍惜生活中的一切，就会觉得人生是十分美好的。懂得感恩是获得幸福的源泉，在生活中，如果我们每个人都不忘感恩，人与人之间的关系会变得更加和谐、更加亲切。我们自身也会因为这种感恩心理的存在而变得更加健康、快乐!

【第360封微信】 要识得好坏

亲爱的：好的爱情是你通过一个人看到整个世界，坏的爱情是你为了一个人舍弃世界。在这个世界上，只有真正快乐的男人，才能带给女人真正的快乐。马在松软的土地上易失蹄，人在甜言蜜语中易摔跤。

【第361封微信】居中得正

亲爱的：不要追求完美，不要痴迷幻境，完美是镜中花，完美是水中月，完美是梦中云。不要因为小小的争执，就草率与你相爱的人分手；不要因为小小的别扭，就轻易与你多年的好友分离；不要因为小小的失误，就把你的下属当作敌人；不要因为小小的怨恨，就把你的恩人淡然忘记。

【第362封微信】该撒娇的时候撒点娇吧

亲爱的：该撒娇的时候撒点娇吧，千百年以来，撒娇一直就是女人的天性，女人不一定要漂亮，但一定要会撒娇，因为撒娇是武器，是对付男人强有力的杀手锏。而撒野一直是男人的毛病，一个撒野的男人，想得到让人刮目相看的美名，那是痴人说梦的荒唐事，特别是女人，一说起撒野的男人，总是深恶痛绝咬牙切齿，唯恐避之而不及。

【第363封微信】慢慢淡漠

亲爱的：没有人有耐心听你讲完自己的故事，因为每个人都有自己的话要说；没有人喜欢听你抱怨生活，因为每个人都有自己的苦痛；世人多半寂寞，这世界愿意倾听，习惯沉默的人，难得几个，那些挣扎在梦魇中的寂寞、荒芜，还是交给时间，慢慢淡漠。

【第364封微信】读懂了他是用了什么来伪装

亲爱的：很多的时候人都会伪装，连我们信任的老天爷也是如

此。我会觉得天不止是蓝色，也有灰色，也有黑色，也有白色。那你说，怎么样才算看清了一个人的本质？看懂了他是用了什么来伪装。

【第 365 封微信】 友谊是幸福的源泉

亲爱的：友谊是幸福的源泉。社会学家指出，收入和社会地位不同的人之所以能有同样的幸福感，在很大程度上是因为友情因素的存在。

【第 366 封微信】 想离开你的不必强求

亲爱的：想离开你的，不必强求，没准求回来的是一小人。真正交心的，也不用天天打电话联系，只要对方有事，一声招呼随叫随到，两肋插刀就 OK 了。

【第 367 封微信】 真情牵手

亲爱的：朋友，我带着灿烂的心情、灿烂的笑容与灿烂的祝福来看你！愿我们的友情更深；在相互的牵挂中，让世间的亲情更暖；在坦诚的言词中，让我们的心灵更近；在时常的问候中，让我们的祝福更真；在茫茫的人海中，让我们真情牵手一起向前走。

【第 368 封微信】 源远流长

亲爱的：放飞一只白鸽给你，捎上我的思念，捎上我的祝福，飘向你，飘向你的生活；愿你快快乐乐地面对每个晨钟暮鼓，高高兴兴地面对花开花落；朋友，愿我们的心灵像湖水般晶莹清澈，友情像山泉一样源远流长！

【第 369 封微信】 繁叶落尽惊醒的忧伤

亲爱的：某些不可言明的怀念，往往在夜深人静时轰然来袭，刺痛到心底最柔软的地方，无力挣扎。不是不幸福，只是仍旧贪心眷恋过去的某种感受而不够幸福；不是很悲伤，只是当脑海里出现熟悉的脸庞和温柔的话语时失神很久。夜不能寐的时候是最清醒还是最糊涂？

【第 370 封微信】 你是我的全部期待

亲爱的：当全世界都在为我喝彩，我还期待着你的评价；当全世界都要我放弃，我还期待着你的鼓励；当全世界都冷落我的时候，我还期待着你的笑脸；当全世界都远离我的时候，我还期待着你能留下来陪我。失去了全世界，我不在意；失去了你，我的天空开始下雨。你是我的全部期待，我的整个世界。

【第 371 封微信】 转瞬即逝的生活

亲爱的：生活里有很多转瞬即逝，像在车站的告别，刚刚还相互拥抱，转眼已各自天涯。很多时候，你不懂，我也不懂，就这样，说着说着就变了，听着听着就倦了，看着看着就厌了，跟着跟着就慢了，走着走着就散了，爱着爱着就淡了，想着想着就算了。

【第 372 封微信】 练习微笑

亲爱的：所谓练习微笑，不是机械地挪动你的面部表情，而是努力地改变你的心态，调节你的心情。学会平静地接受现实，学会对自己说声顺其自然，学会坦然地面对厄运，学会积极地看待人生，学会

凡事都往好处想。这样，阳光就会流进心里来，驱走恐惧，驱走黑暗，驱走所有负面情绪。

【第373封微信】让自己的人生具有光彩

亲爱的：选择一个朋友，就是选择一种生活方式。自己修身养性是交到好朋友的前提，等于给自己打开了最友善的世界。能够让自己的人生具有光彩。真正的朋友不是在一起有聊不完的话，而是即使不说一句话也不觉得尴尬。

【第374封微信】万不要欲言又止

亲爱的：如果你明明知道这个故事的结局，你或者选择说出来，或者装作不知道，万不要欲言又止。有时候留给别人的伤害，选择沉默比选择坦白要痛多了。

【第375封微信】永不永不说再见

亲爱的：我们害怕岁月，却不知道活着是多么的可喜。我们认为生存已经没意思，许多人却正在生死之间挣扎。什么时候，我们才肯为自己拥有的一切满怀感激？忘掉岁月，忘掉痛苦，忘掉你的坏。我们永不永不说再见。

【第376封微信】真的应该遗忘了

亲爱的：遗忘是我们不可更改的宿命，所有的一切都像是没有对齐的图纸，从前的一切回不到从前，就这样慢慢延伸一点一点的错开来，也许错开了的东西，我们真的应该遗忘了。

【第 377 封微信】好朋友就像一把伞

亲爱的：人生的路上有晴天，也有雨天，好朋友就像一把伞，无论是晴天还是雨天都会陪在你身边为你遮挡风雨。叶的离开，是为了风的追求，还是树的挽留。心愿的风吹着快乐的帆载着幸福的船飘向永远幸福的你。

【第 378 封微信】给回忆永不褪去的色彩

亲爱的：给回忆永不褪去的色彩，给思念自由飞翔的翅膀，给幸福永恒不朽的生命，给生活轻松灿烂的笑脸，给朋友诚挚美好的友谊，给你当然是一生一世的祝福！头发白了，牙齿松了，眼睛花了，皮肤皱了，是否还能继续保持联络？

【第 379 封微信】朋友是一种相思

亲爱的：朋友是一种相思，朋友是彼此的牵挂，彼此的关心，彼此的依靠。友谊就像一条不尽的河流，像一片温柔轻浮的流云，像一朵幽香阵阵的花蕊，又像一曲余音袅袅的洞箫。他有时是一种淡淡的交往，有时是一种淡淡的安慰，有时又是一种淡淡的回忆。

【第 380 封微信】温度从指尖走远

亲爱的：明天的明天，永远的永远，华丽的青春断了线，是谁的铅笔在洁白的纸上划下了年轻的誓言，知道不能实现，却在转身前就泪流满面，阳光下的操场，你微笑的脸，像昨天只能怀念，光阴划过了左脸忘记了，说再见，从前的从前，就在那个再也记不起的雨天，温度从指尖走远。

【第381封微信】帮你度过最艰难的岁月

亲爱的：朋友会在你悲伤无助的时候，给你安慰与关怀；在你失望彷徨的时候，给你信心与力量；在你成功欢乐的时候，分享你的胜利和喜悦。在人生旅途上，尽管有坎坷、有崎岖，但有朋友在，就能给你鼓励、给你关怀，并且帮你度过最艰难的岁月。

【第382封微信】友谊让我们的人生更充盈

亲爱的：朋友的问候带来心灵的超然快乐，一句句问候，一句句祝福装满空白的心灵，友谊让我们的人生更充盈，更精彩，我们说天谈地，互相学习，互相关爱，留下足印，这印迹将定格成友谊的永恒回忆，成为心中最美的风景。正是这不曾见面的身影，给对方留下欣赏，留下牵念。

【第383封微信】爱是用心的

亲爱的：风是透明的，雨是滴答的，云是流动的，天是永恒的，爱是用心的。日给你温暖，月给你温馨，星给你浪漫，风给你清爽，雨给你滋润，雪给你完美，霜给你晶莹。

【第384封微信】瞬间也会永久

亲爱的：遥远问候温暖心头，美丽瞬间也会永久；此情悠悠山水依旧，伤感不再，快乐奔流。

【第385封微信】彼此永远珍藏在心底

亲爱的：最感动的时刻，来自被朋友想起；最美的时刻，源于想起朋友。没有约定，却有默契。一线网络，流淌着我们的心情；一段心情，飘飞着心絮的痕迹；一份友情，彼此永远珍藏在心底。

【第 386 封微信】 时光匆匆带走的是记忆

亲爱的：时光匆匆，带走的是记忆，留下的是生命中永恒的感动！

【第 387 封微信】 擦眼泪的知己

亲爱的：人生最大的幸福不是走平坦的路，而是在坎坷的路上有位患难与共的朋友；最大的快乐不是没有眼泪的生活，而是有位为你擦眼泪的知己。

【第 388 封微信】 因为有爱

亲爱的：因为有星，夜才不黑暗。因为有海，天才一片蔚蓝。因为有梦，生命才充满期盼。因为有爱，生活充满笑颜。

【第 389 封微信】 我来打劫了啦

亲爱的：我来打劫了啦！左手窃走你的痛苦和烦恼，留下幸福和快乐；右手偷走你的晦气和厄运，留下喜气和吉祥；脑袋带走你的思念，心口装走你的牵挂。哈哈，不许报案哦！我会再来的，因为我是你的朋友！

【第 390 封微信】 幸福像点点繁星

亲爱的：幸福像点点繁星越多越叫人陶醉；真情像淡淡花香越久

越叫人沉醉；累积点点幸福，珍藏滴滴真情，在这个美丽的夜晚。

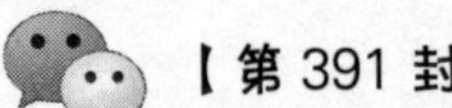

【第 391 封微信】 开心永远

亲爱的：风，总想为你吹掉心中的忧愁；雨，总想为你送上雨后的彩虹；天，总想为你降临一生的幸福；朋友，让你开心永远！

【第 392 封微信】 梦随心动

亲爱的：春有百花秋望月，夏有凉风冬听雪。心中若无烦恼事，便是人生好时节。愿你：晨有清逸，暮有闲悠，梦随心动，心随梦求。

【第 393 封微信】 快乐是一种心情

亲爱的：人生是一道风景，快乐是一种心情。

【第 394 封微信】 彼此互牵

亲爱的：缘分是一次惊喜，幸福是一种期待，快乐是一种心态，繁琐的生活带走的只是时间，彼此的牵挂留在心间，祝好朋友开心快乐！

【第 395 封微信】 好朋友是路越走越宽

亲爱的：好朋友是梦，谁都惦念；好朋友是金，永远灿烂；好朋友是缘，一世相牵；好朋友是路，越走越宽；好朋友是福，吉祥无边。

【第 396 封微信】 真正的友谊确是一辈子的

亲爱的：有时候，情侣或许会有分开的一天，恋人有时也会成为路人。因为爱情也是有保质期的，并不是所有的爱都可以成为美丽的神话，但真正的友谊确是一辈子的。

【第 397 封微信】 学会欣赏

亲爱的：拥有一个好朋友，比拥有一段感情要平实得多，在人的一生中，每一次用心的投入都是一种伤害。而朋友则不同，你可以在拥有朋友的同时体味到人性的纯美、真情的可贵。友情同样是一种爱，一种更高尚更至诚的爱。这世上树叶有千万片，这世上人有千万种，不一定都要相爱，不一定都要相守，只要学会欣赏。

【第 398 封微信】 真诚相伴

亲爱的：好酒清清淡淡，越久越醇；好朋友简简单单，越久越真；好缘分久久长长，地老天荒；真诚的友谊叫人终身难忘！一份默契来自心灵的感动，一份欣赏点燃智慧的心灯；穿越心灵的湖，让情谊温暖彼此的心房；珍惜相处的时光，让我们在友情的路上，真诚相伴，快乐每一天！

【第 399 封微信】 无尽思念

亲爱的：大千世界多一个人牵挂是一种幸福；茫茫人海多一个人相知是一种骄傲；人生旅途多一个人相伴是一种福气；红尘多扰多一个人问候是一种慰藉。有一种爱默默无语回眸望时却已写满了关怀与期待；有一种爱无需表白相逢相知的心灵已读懂彼此的情怀；有一种

爱放在心里珍藏心底的是生命中最深的关爱；有一种爱无尽思念心载满祝福相惜相怜直到永远。

【第 400 封微信】 美好的相遇

亲爱的：朋友犹如一道美丽的风景，赏心悦目；犹如一曲美妙的乐曲，时时陶醉着你，更如一本含义深刻，富有哲理的好书牵引着你，点化着你。朋友，友谊路上让我们珍惜着这美好的相遇！

【第 401 封微信】 祝福长久

亲爱的：一声问候就是一段缘分的开始；一场相逢就是一篇美丽的传说；一次点击就是一部动听的神话；一段交流就是一首优美的旋律，人生忙忙碌碌，日子酸酸甜甜，缘分简简单单，联系断断续续，惦记时时刻刻，祝福长长久久。

【第 402 封微信】 一直没有人站在你身边

亲爱的：孤单是手机里的电话号码越来越多，每天接的电话越来越多，每天发的短信越来越多。可是当你突然看到一片曾经在梦里反复出现的葵花田，你兴奋地拍照，大声地呐喊，可是过后却不知道要把拍好的照片传给手机里的谁。那一瞬间你突然明白，一路走到现在，一直没有人站在你身边，陪你看风景。

【第 403 封微信】 该珍藏该拥有

亲爱的：说不想念，那是欺骗，谁会就这样毫无表情地忘却了一切？我们曾在人群中欢呼，雀跃着属于我们的幸福；我们曾在山野处飞奔，飞奔着属于我们的追逐，手挽着手，一双双熟悉的温度，是你们在我的世界里停留，我又怎能放弃这种千年才能幻化的缘分？我该珍藏，该拥有，即使我们即将天各一方。

【第 404 封微信】 有一天友情和爱情碰见

亲爱的：有一天，友情和爱情碰见。爱情问友情：世上有我了，为什么还要有你的存在？友情笑着说：爱情会让人们流泪，而友情的存在就是帮人们擦干眼泪！

【第 405 封微信】 等待下个出口

亲爱的：不要迷茫，不要彷徨，请相信，无论在哪一个尘埃落定的角落里，你都会吟唱最美的乐曲，请擦干你眼角的泪水，等待下一个出口。

【第 406 封微信】 人世间太多的悲欢离合

亲爱的：谁也不可能永远陪伴着谁，相逢是首唱不完的歌，永远在城市的上空缭绕回旋，饮干杯中酒，拥抱心头守，离开，并不代表着放弃，人世间太多的悲欢离合，只能让这苦涩的回味变成美丽的追忆。

【第 407 封微信】 回首告别往事

亲爱的：回首，告别往事，告别那曾经生活过的城市，那里有曾洒下的泪滴，曾画下的美丽，走，不需要停留，挥挥手。

【第 408 封微信】 习惯面对孤独

亲爱的：也许我们该习惯了这种随时都会面对的孤独。因为天下

无不散之宴席。

【第409封微信】 我们原本是飞散的雪花

亲爱的：走过多少路途，经过多少驿站，每到一处，都会留下深深的心绪，那是相交后的拥有，彼此心灵的交流，就如同岁月在脸颊烙印下的过往，谁不曾从洁白无瑕坠入饱经风霜？这一切都渐渐视为财富，在生命的过度中，慢慢累积成为经典的解数。

【第410封微信】 胜似亲人

亲爱的：似水流年，清蒙雨季，在淅沥的小雨中携手走过，在灿烂的阳光下欢声笑语，我们彼此怀揣着最美好的梦想，踏上了同一条路线，在这条道路上，我们相识、相遇、相知，我们彼此在困难的时候彼此鼓励；在悲伤的时候彼此分担；在欢乐的时候彼此分享；在那个青春的季节，我们这一群不是亲人的陌生人，变成了胜似亲人的好朋友。

【第411封微信】 偶尔记起、偶尔想念

亲爱的：当一切的改变，你无法改变时，选择笑着面对，即使受过伤，即使很难过，也会撑过来，适应、享受现在的生活，因为，曾经心里的那份坚持还在，这个至少还没改变过，而对于过去的岁月，离散的，你会选择了偶尔记起、偶尔想念！确实，那是一段很美好并值得这么去做的事。

【第412封微信】 在一起

亲爱的：朋友是可以一起打着伞在雨中漫步；是可以一起骑了车

在路上飞驰；是可以沉溺于美术馆、博物馆；是可以徘徊于书店、画廊；朋友是有悲伤一起哭，有欢乐一起笑，有好书一起读，有好歌一起听。

【第413封微信】忆及时更多温柔

亲爱的：朋友是常常想起，是把关怀放在心里，把关注盛在眼底；朋友是相伴走过一段又一段的人生，携手共度一个又一个黄昏；朋友是想起时平添喜悦，忆及时更多温柔。

【第414封微信】朋友如醇酒

亲爱的：朋友如醇酒，味浓而易醉；朋友如花香，芬芳而淡雅；朋友是秋天的雨，细腻又满怀诗意；朋友是十二月的梅，纯洁又傲然挺立。朋友不是画，它比画更绚丽；朋友不是歌，它比歌更动听；朋友应该是诗，有诗的飘逸；朋友应该是梦，有梦的美丽；朋友更应该是那意味深长的散文，写过昨天又期待未来。

【第415封微信】朋友的美不在来日方长

亲爱的：朋友的美不在来日方长；朋友最真是瞬间永恒、相知刹那；朋友的可贵不是因为曾一同走过的岁月，朋友最难得是分别以后依然会时时想起，依然能记得：你，是我的朋友。

【第416封微信】浅处深处

亲爱的：阿拉伯传说中有两个朋友在沙漠中旅行，在旅途中他们因为一件小事争吵起来，一个还给了另外一个一记耳光。被打的觉得受辱，一言不语，在沙子上写下：“今天我的好朋友打了我一巴掌。”

他们继续往前走，一直走到一片绿洲，停下来饮水和洗澡。在河边，被打了一巴掌的那位差点淹死，幸好被朋友救起来了。被救起后，他拿了一把小剑在石头上刻了："今天我的好朋友救了我一命。"一旁好奇的朋友问说：为什么我打了你以后，你要写在沙子上，而现在要刻在石头上呢？另一个笑笑回答说：当被一个朋友伤害时，要写在易忘的地方，风会负责抹去它；相反的如果被帮助，我们要把它刻在心里的深处，那里任何风都不能抹掉它。

【第417封微信】 就算最要好的朋友也会有摩擦

亲爱的：就算最要好的朋友也会有摩擦，也许会因这些摩擦而分开。但每当夜阑人静时，望向星空，总会看到过去的美好回忆。一些琐碎的回忆，却为寂寞的心灵带来无限的震撼！就是这感觉，在此，我希望你能更珍惜你的朋友。

【第418封微信】 倒空这杯子

亲爱的：正是因为有了友情，我们才能感受到人与人之间的温馨。我们的内心仿佛是一只因常常积满忧虑和无奈而倍感沉重的杯子，只有那些为了友情而伸给我们的双手，才愿意真诚的为我们倒空这只杯子，还它快慰和轻松。

【第419封微信】 因为有了友情

亲爱的：正是因为有了友情，我们才能更加感受到做人的尊严和光荣。我们的内心仿佛是一本很厚很厚的书，只有那些和我们的心灵撞出了友情之火的心灵，才会愿意打开这本厚书仔细地阅读和真诚地评注。

【第 420 封微信】 美妙的机缘

亲爱的：在这个世界上，一想到除了亲人之外还有人在关心着我们的灵魂，我们的心灵怎能不燃烧？一想到除了亲人之外还有人在关注着我们的精神世界，这怎能不使我们感到快乐和幸福？一想到除了亲人之外还有人为我们的失败和成就而叹息和祝福，这怎能不使我们感到骄傲和激动？亲情是来自于血缘，而友情却是来自于苍茫人海中的一种美妙的机缘。

【第 421 封微信】 友情的根

亲爱的：友情的根是植于高尚的精神，而不是植根于低俗的利欲；友情是彼此为对方吹响的鼓舞前进的号角，而不是相互利用的工具；友情是彼此为对方美好的情操而唱的赞歌，而不是相互间的哄骗和吹嘘；友情是为了使朋友之间成为彼此的纯洁品行的一面镜子，而不是为了使彼此成为对方恶行的帮凶。

【第 422 封微信】 拥有友情

亲爱的：拥有了友情，就如青山拥有了奔腾的小溪；拥有了友情，就如帆船拥有了顺风；拥有了友情，干渴的旅行者拥有了清泉；拥有了友情，在这个世界上，我们的灵魂就不再是形单影只；拥有了友情，就会有人在我们成功的时候穿过嫉妒的人丛为我们献上一束鲜花，在我们失败痛苦的时候为我们抚平伤痕。

自由

【第 423 封微信】 爱物质但要适当

亲爱的：爱物质，但要适当。永远知道精神更重要。比那些名表，名包，时装，更加美丽的是你自己。

【第 424 封微信】 我爱世界

亲爱的：不是因为在象牙塔中，才要说出我爱世界这样的话。在知道外面的丑陋之后，还要说出这样的话。

【第 425 封微信】 一个人去看电影

亲爱的：一个人去看电影。买爆米花和可乐，笑翻天。或者，泪流满面。如果你喜欢体育，去看足球，哭死也没人管你，但是很轻松和畅快。

【第 426 封微信】 你觉得值就值

亲爱的：有的事情，没法说明。你觉得值，就值，你觉得不值，别人说值，你也觉得不值。

【第 427 封微信】 留点美好给距离

亲爱的：在风平浪静的日子里，留点空间给自己，留点空间给对方，留点美好给距离。

【第 428 封微信】 用自由换取爱情

亲爱的：自由可贵，但是，每天数以万计的人，在用自由换取爱情。

【第 429 封微信】 七个小镇

亲爱的：女孩子，一辈子至少要去一次的七个小镇：①最美的地方——乌镇。②人间天堂——丽江古城。③现代桃花源——水墨婺源。④风雨边城——凤凰古城。⑤人间天上——九寨沟。⑥最完整的古县城——平遥。⑦艺术之都——敦煌。

【第 430 封微信】 让自己走得精致

亲爱的：我们在路途行走，一定要学会让自己走得很精致。

【第 431 封微信】 本身不属于你

亲爱的：放好心态，失去的东西，不要悲伤，你就当，他本身就不属于你。

【第432封微信】 千万别做作

亲爱的：尽量做个，优雅的女子。千万别做作，因为，做作的女人，不仅女人讨厌，男人更讨厌。

【第433封微信】 独立永远

亲爱的：独立，永远。不管，感情还是金钱。

【第434封微信】 勇敢的女人

亲爱的：勇敢的女人，永远比懦弱的女人美丽。如果，你的爱人不爱你，我劝你还是勇敢点分离，好过，懦弱地纠缠。

【第435封微信】 妥协

亲爱的：善于妥协的女人，很宝贵。但是，只善于妥协的女人，很廉价。

【第436封微信】 高傲地活着

亲爱的：学会高傲地活着，如果他开始怠慢你，请你离开他。不懂得珍惜你的人不要为之不舍，更不必继续付出你的感情，到头来受伤的是自己，他人不会为之难过。

【第437封微信】 学着一个人

亲爱的：学着一个人听音乐看书写点心情日记，顺其自然、淡然看待这一切，宁缺毋滥。爱，宁可高傲的发霉，不要低调的恋爱。时间会慢慢沉淀，有些人会在你心底慢慢模糊，学会放手，幸福需要自己的成全！正如那句：什么都是浮云。

【第 438 封微信】 田野里的稻草人

亲爱的：我们曾经非常坚决，以为自己可以做梦想田野里的稻草人，永远执着地看护着心中的那片草色山光！

【第 439 封微信】 左手年华右手回忆

亲爱的：岁月就像一条河，左岸是无法忘却的回忆，右岸则是值得把握的青春年华。年轻的时候，应该放任一下，纵容自身，偶尔，甚至拂袖而去，因为再乖再听话，人还是要老的，曾经生活过，至低限度也留个回忆，可以微微地笑。现今还有谁会照顾谁一辈子，那是多么沉重的一个包袱。所以非自立不可，年轻不怕折腾！

【第 440 封微信】 这个年龄没有美丽与丑陋之分

亲爱的：女孩子可以怀抱洛丽塔情结，尝试近乎童服的高腰裁减或者短得不能再短的迷你裙（但请远离中年教授）。这个年龄没有什么美丽与丑陋之分，如同春季盛开的鲜花，每一朵都有在阳光下绽放的权利。

【第 441 封微信】 不要把金钱看得太重

亲爱的：可以把收入的一半用在服饰、美容上。另一半用来孝敬养育自己多年的父母。二十岁这个年龄无需存款，也不要把金钱看得太重。财富和美貌一样，多由天定。好好享受生活，不要辜负青春

岁月。

【第442封微信】洒脱不可无度

亲爱的：可以自在洒脱、无拘无束，但这并不代表你可以和所有你认识的男人上床。你到三十岁以后会发现其实大部分男人没什么区别：动情比动脑简单，流精比流泪容易。不仅如此，在两性方面男人往往比女人还要三八，相互之间喜欢交流摆平了几个以及何时何地搞定的。你当然不希望自己成为周围所有男人的话题。

【第443封微信】艺术裸照

亲爱的：如果有勇气，可以找一家放心的影楼拍一组艺术裸照。制成相册之后把这些照片珍藏好（千万不要四处散发，更不要传到网上），待到三四十岁的时候再拿出来与最亲密的人分享。用照片还原青春比用嘴巴还原青春要来得生动许多。

【第444封微信】旅行中的心灵

亲爱的：外出旅游。旅行中的心灵能更充实。

【第445封微信】习惯

亲爱的：有喝下午茶、阅读书本、听音乐的习惯。

【第446封微信】适合你的就是最好的

亲爱的：买适合自己的衣服、饰物。适合你的就是最好的，所以不必羡慕别人的行头。

【第 447 封微信】 不该接受的

亲爱的：不要接受你不喜欢的男子送的任何礼物。

【第 448 封微信】 没有人送花也无所谓

亲爱的：情人节或者生日没有人送花也无所谓，不必自己去买一束让花店送来。你可以将买花的钱买精美的礼物，送给妈妈和爸爸。

【第 449 封微信】 闲情时间

亲爱的：闲情时候自己煮花茶喝或者做茶点吃，放一段柔情音乐，翻阅几页好书，然后睡个懒觉，快哉。

【第 450 封微信】 疯狂的事情一次就好。

亲爱的：疯狂的事情经历一次就好，比如翻越千山万水去看望一个人。

【第 451 封微信】 不要乱表爱心

亲爱的：没有时间和精力的话，不要乱表爱心养小动物，怠慢它们同样是种残忍，虽然我理解你很寂寞需要一个伴。

【第 452 封微信】 想念分成

亲爱的：不要 24 小时都想念同一个人。可以分一点给家人和朋友。

【第453封微信】 鲜花

亲爱的：居室要有鲜花，记得换水。如果要出差，清理之后再出门，不要回来面对一屋子的蚊子和虫子。

【第454封微信】 一袭喜欢

亲爱的：有空时给自己点一袭喜欢的香薰，让香味充盈房间。

【第455封微信】 愚蠢的美丽

亲爱的：想吃就吃。为了保持身材让自己饿着，那是世界上最愚蠢的美丽。

【第456封微信】 女人味

亲爱的：如果有可能，尽量留长发。短发确实打理起来容易一些，但始终少了些女人味。

【第457封微信】 你生活得很好

亲爱的：不要在一个男人离开之后，企图用报复心理去生活。那只会让你的生活乱成一团。正确的做法是比从前生活得更好。并告诉他：你生活得很好，很快乐，让他不要担心。

【第458封微信】 穿舒适的鞋子

亲爱的：如果要去逛街，记得穿舒适的鞋子。善待自己是表现在细节上的。

【第459封微信】 去学瑜伽或者跆拳道

亲爱的：有时间的话，去学瑜伽或者跆拳道。前者能让你放松身心，后者可以防身。

【第460封微信】 空出一格抽屉放零食

亲爱的：家里或者办公室分别空出一格抽屉放零食。

【第461封微信】 美丽容颜

亲爱的：隔期清理居室和身心。多余的物品送给有需要的人，心里的不痛快记得及时清除。别让生活的忙碌和郁闷消磨了美丽容颜。

【第462封微信】 好习惯

亲爱的：如果没有人陪，学着一个人听音乐看书写文字。这是个好习惯。

【第463封微信】 俗女的可爱

亲爱的：俗女总有俗女的可爱，雅气太过，市场前景总不乐观。

【第464封微信】 思变的动物

亲爱的：人都是思变的动物，天仙美眷也留不住完整一世的爱！

【第465封微信】 经历

亲爱的：人生最大一种痛，不是失败，而是没有经历自己想要经历的一切。

【第466封微信】 自找自乐

亲爱的：快乐永远属于自找自乐的女人。

【第467封微信】 叛逆

亲爱的：不叛逆的女人没有人生的精彩！

【第468封微信】男女平等

亲爱的：男女平等不是说出来的，而是做出来的。

【第469封微信】百分百女孩

亲爱的：女人因为有缺点才可爱。百分百完美的女人并不招人喜欢，因为距离生活太遥远。

【第470封微信】 漂亮是一种思想

亲爱的：漂亮，也是一种思想。

【第471封微信】 可贵的财富

亲爱的：一颗大容量的心，是人生最可贵的财富。

【第 472 封微信】 人生就是一场旅行

亲爱的：人生就是一场旅行，不在乎目的地，在乎的应该是沿途的风景以及看风景的心情。

【第 473 封微信】 比基尼

亲爱的：不自信的女人没买过比基尼。

【第 474 封微信】 大红色指甲油

亲爱的：不自信的女人没有大红色指甲油。

【第 475 封微信】 高跟鞋

亲爱的：不自信的女人从不穿 5CM 以上高跟鞋。

【第 476 封微信】 成套的内衣

亲爱的：不自信的女人不会穿成套的内衣。

【第 477 封微信】 减肥

亲爱的：不自信的女人一年中有 5 个月以上在减肥。

【第 478 封微信】 大笑

亲爱的：不自信的女人不敢在众人面前咧嘴大笑。

【第479封微信】慢悠悠

亲爱的：不自信的女人走路慢悠悠。

【第480封微信】走在后面

亲爱的：不自信的女人喜欢走在男人后面。

【第481封微信】照镜子

亲爱的：不自信的女人不爱或过于爱照镜子。

【第482封微信】新发型

亲爱的：不自信的女人超过半年没有换过新发型。

【第483封微信】打开心扉

亲爱的：人要时常打开自己的心扉，让太阳晒一晒藏着的灵魂。

【第484封微信】心房会阴冷

亲爱的：心房阴冷了，心态就潮湿了，灵魂也就灰暗了。

【第485封微信】别人的身后

亲爱的：别眼红别人开心健康生活，气恨他人事业兴旺发达，因为你看不到他们的身后。

【第 486 封微信】 好心态

亲爱的：今天咒骂这人投机取巧，明日诽谤那人偷梁换柱。俗话说“心眼小的人，一般命不长”。人生说短也短说长也长，就看我们以什么心态面对人生。

【第 487 封微信】 每当疲惫的时候

亲爱的：每当疲惫的时候，那就停下脚步，遥想追逐的远方，汲取力量再上路。

【第 488 封微信】 每当困惑的时候

亲爱的：每当困惑的时候，那就停下脚步，梳理纷乱的思绪，驱走迷茫再上路。

【第 489 封微信】 每当痛苦的时候

亲爱的：每当痛苦的时候，那就停下脚步，抚摸流血的伤口，擦干眼泪再上路。

【第 490 封微信】 每当放弃的时候

亲爱的：每当放弃的时候，那就停下脚步，作出艰难的取舍，振奋精神再上路。我们停下脚步，其实只为走得更远。

【第 491 封微信】 过程也是一种美丽

亲爱的：我们仰望山的高度，总想登顶为峰，于是弃了爱恋，忘

了伤痛，不顾一切往上爬。可等到了山顶，才发现除了孤寂荒芜，一切都是那么的辽远而陌生。

【第492封微信】生活中最重要的

亲爱的：生活中最重要的，不是你取得多大的成功，而是在奋斗中永不屈服、永不认输，过程也是一种美丽；不是你征服了什么，而是在拼搏中体味那种无言的快乐与幸福。

【第493封微信】不完美又有何妨

亲爱的：我们总在追求完美，结果难遂心愿，把自己弄得疲惫不堪。不完美又有何妨，再好的玉都有瑕疵，再纯的金子都不是纯金，完美的人生活在我们的想象中。

【第494封微信】失败也是一抹色彩

亲爱的：即使失败也是可以的，只要你认真地奋斗过，努力地追寻过，就算失败了，也可以让你心中无悔，为你拓宽阅历积累经验。失败也是一抹色彩，增加你人生的厚重。

【第495封微信】别让过去埋葬了未来

亲爱的：时间以某种模糊的方式悄悄地隐去，某些记忆却能在岁月的激荡中逆流而上。曾经痛彻心扉的某件事，难以释怀的某个人，任你如何淡忘，如何漫不经心，总能形成一个个片断，无情地把往事和眼前联系起来，叩打着你弱不禁风的情感之门。已经放弃的，就放下吧，毕竟我们还有坚持和等待，别让过去埋葬了未来。

【第 496 封微信】 卸下的多痛苦就少

亲爱的：我们感觉生活不如意，要么抱怨得太甚，要么奢望得太多。

【第 497 封微信】 抱怨有什么用呢

亲爱的：抱怨有什么用呢，就算再不公平，也没有人愿意倾听你的诉说，甚至没有人愿意知道你是谁。

【第 498 封微信】 卸下的多痛苦就少

亲爱的：我们的需求是有限的，不要什么都渴望得到，不要让生命的行囊成为一种负重。放手不等于放弃，而是为了更好地前进。你卸下的多，痛苦就少些，就会走得更远些。

【第 499 封微信】 世界给了你全部天空

亲爱的：如果你哭，你只能一个人哭，没有人在意你的懦弱，只有慢慢地选择坚强。

【第 500 封微信】 如果你笑

亲爱的：如果你笑，全世界都会陪着你笑，你给世界一缕阳光，世界还你一个春天。

【第 501 封微信】 在寂寞中行走

亲爱的：很多时候，我们都是在寂寞中行走，在孤独中思考的，

不要期望他人来解读你的心灵，认同你的思想，要知道，你只是行走在世界的路上，而世界却给了你全部天空。

【第 502 封微信】 拍照片

亲爱的：每天拍几张照片能让你开心。

【第 503 封微信】 看电影

亲爱的：看快乐的电影吧。

【第 504 封微信】 在周末的清晨做白日梦

亲爱的：在周末的清晨做白日梦。

【第 505 封微信】 给朋友寄卡片吧

亲爱的：给朋友寄卡片吧。

【第 506 封微信】 在水边散步吧

亲爱的：在水边散步吧。

【第 507 封微信】 吃大餐

亲爱的：偶尔吃一顿大餐。

【第 508 封微信】 锻炼

亲爱的：每星期坚持做一次锻炼。

【第 509 封微信】 歌唱

亲爱的：一边开车，一边大声歌唱。

【第 510 封微信】 喝咖啡读小说

亲爱的：一边喝咖啡，一边读小说。

【第 511 封微信】 打电话涂鸦

亲爱的：一边打电话，一边信手涂鸦。

【第 512 封微信】 洗澡唱歌

亲爱的：一边洗澡，一边唱歌。

【第 513 封微信】 坚持下去的勇气

亲爱的：生活在一个城市里，或者爱一个人，又或者做某件事，时间久了，就会觉得厌倦，就会有一种想要逃离的冲动。也许不是厌倦了这个城市、爱的人、坚持的事，只是给不了自己坚持下去的勇气。

【第 514 封微信】 正视自己

亲爱的：你的衣服不用以量取胜，收起那些不合时宜的蕾丝花边或者娃娃衫，从今天起你得保证挂在衣柜里的每一件衣服都有不错的质地、得体的款式和适合自己的颜色。

【第515封微信】纯真与天真

亲爱的：可以纯真，但不能天真。

【第516封微信】简朴与简单

亲爱的：可以简朴，但不能简单。

【第517封微信】看懂说明书

亲爱的：可以不擅长家务，但起码也要能看懂家用电器的使用说明书。

【第518封微信】感恩心与平常心

亲爱的：对于别人无私的帮助，抱着感恩的心，对于别人的冷漠，抱有平常的心。

【第519封微信】学会欣赏

亲爱的：人生是一段旅程，在旅行中遇到的每一个人，每一件事与每一个美丽景色，都有可能成为一生中难忘的风景。一路走来，我们无法猜测将迎接什么样的风景，无法预测目的地在哪，可是前进的脚步却始终不能停下，因为时间不允许我们在任何地方停留，只有在前进中不断学会选择，学会体会，学会欣赏。

【第520封微信】关于家庭

亲爱的：几个不和谐的音符巧妙地凑到一块，没准能奏出异常优美的乐章那，看你怎么欣赏了，反正演奏者是乐在其中。

【第 521 封微信】 做个孩子

亲爱的：不妨做个孩子，在简单中快乐，在快乐中简单。

【第 522 封微信】 哭一哭、疯一疯

亲爱的：不妨痛苦的时候亮开嗓子哭一哭，高兴的时候手舞足蹈疯一疯。

【第 523 封微信】 肆意地奔跑

亲爱的：时光不可以倒转，但我们还可以肆意地奔跑，即使摔跤擦破膝盖，也会比受伤的心更容易愈合。

【第 524 封微信】 保留一颗童心

亲爱的：童年是回不去了，我们可以保留一颗童心，以单纯的眼睛看世界，以快乐的脚步走人生。

【第 525 封微信】 做一个纯简的人

亲爱的：我不觉得人的心智成熟是越来越宽容涵盖，什么都可以接受。相反，我觉得那应该是一个逐渐剔除的过程，知道自己最重要的是什么，知道不重要的东西是什么。而后，做一个纯简的人。

【第526封微信】 牵手去流浪的朋友

亲爱的：一生应该要有一次比较冲动的旅行，很任性的。最好是在年轻的时候，最好花自己赚来的钱，最好去一个很遥远的地方，最好有一个可以牵手去流浪的朋友陪伴。

明天

【第 527 封微信】 Tomorrow is another day

亲爱的：你可以失望但不能绝望，你要始终相信：Tomorrow is another day。不管现实有多惨不忍睹，你都要固执地相信这只是黎明前短暂的黑暗而已，请成为更好的自己。

【第 528 封微信】 仰望天空

亲爱的：给自己一个远大的前程和目标。记得常常仰望天空，记住仰望天空的时候也看看脚下。

【第 529 封微信】 找到谋生的方式

亲爱的：你必须找到除了爱情之外，能够使你用双脚坚强站在大地上的东西。要找到谋生的方式。现在考虑也不晚。从来不以为学历有什么重要，天才都不是科班，但，不是科班，连龙套都跑不了。

【第530封微信】努力与成功

亲爱的：不是所有的努力都会成功，但是，不努力，就一定不会成功。

【第531封微信】保有自己的梦想

亲爱的：在时间的消磨下，梦想慢慢模糊，你需要检视自己的行囊，保有自己的梦想，并为之奋斗！别等到最后，却忘记了它的模样。

【第532封微信】尽力做到更好

亲爱的：尽力做到更好。

【第533封微信】解决问题

亲爱的：不抱怨生活，努力去想解决问题的方法。

【第534封微信】勤奋一点

亲爱的：勤奋学习，或者勤奋工作。

【第535封微信】尽量早点搬出家里

亲爱的：应该尽量早点搬出家里。家，不但是溺爱你的地方，还有一张令你无法独立生活、好吃懒做的温床。可以先在家附近租一个房子，这样既可以在偷懒的时候蹭吃蹭喝，又能培养独立生活的能力。

【第 536 封微信】 学一两门手艺

亲爱的：要学一两门手艺。譬如女红、插花、绘画、烹饪之类。找一个适当的时候露一手，换来诧异眼光的同时，让自己多出一份优雅和自信。

【第 537 封微信】 年轻不代表肤浅

亲爱的：年轻并不代表肤浅，美丽与空洞无须并驾齐驱。

【第 538 封微信】 领略

亲爱的：如果没有了进一步读书深造的兴趣，就应该抓紧时间多尝试几份工作。领略人情世故，学习外圆内方，挖掘自身潜力。这样才不至于三十好几时还朝九晚五僵持在一个你不喜欢的职业。

【第 539 封微信】 最好学一门外语

亲爱的：如果头脑允许最好学一门外语。熟练掌握另一种语言不仅可以成为谋生的手段，更有助于你的思维敏捷、头脑清晰。

【第 540 封微信】 打起行囊

亲爱的：如果有机会，可以背起行囊，每年出一次远门。到陌生的环境可以拓展眼界，让你认识一些在你日常生活中所遇不到的人和事。心胸开阔的同时，也有助于你在与人交往时有内涵，不显得浅薄。

【第541封微信】小目标

亲爱的：每天树立小目标然后努力实现。

【第542封微信】爱情与事业

亲爱的：千万不可以为了爱情放弃事业，很简单，选择爱情，一旦爱情没有了，你就什么都没有了，选择事业，即使爱情没有了，可是你还有本事赚钱养活自己，还有属于自己的生活。

【第543封微信】不要做寄生虫

亲爱的：不要企图依附男人生活，没有人会对寄生虫保持永远的热情。

【第544封微信】不要过度索取

亲爱的：不要过度索取，如果你爱他，那么为了你们的将来，你应该珍惜他的收获，为你们的以后做好规划；如果你不爱他，迟早会离开他，那么不要在分手后，让他有机会在别人面前说你只是贪图他的钱。

【第545封微信】爱情给不了的

亲爱的：认真对待你的工作。工作也许不如爱情来得让你心跳，但至少能保证你有饭吃，有房子住，而不确定的爱情给不了这些，所以，认真努力的工作。

【第 546 封微信】 五个以上

亲爱的：最少拥有五个以上可供不同颜色、款式衣服搭配的包，五双以上的鞋子。

【第 547 封微信】 妆容

亲爱的：学会化精致淡雅的妆容。懂得出现在什么场合着什么服装。

【第 548 封微信】 再找一个

亲爱的：已经错失的好男人不要去后悔，他们不属于你，你要睁大眼睛再找一个。

【第 549 封微信】 让自己灿烂点

亲爱的：找专人做色彩搭配建议。不要整天灰头灰脸，让自己灿烂点，别浪费青春和娇美身材。

【第 550 封微信】 两年目标

亲爱的：有一个最少两年内需要达成的目标。有目标的人生不会太无聊。

【第 551 封微信】 保持原则

亲爱的：有自己的人生观和价值观。出现问题可以忍让并寻求解

决，但是触及原则，要保持自己的原则。丧失原则会让你失去生活的目的。

【第552封微信】自己欣赏风景

亲爱的：如果可以，和相爱的人牵手漫步。在找不到之前，学会自己欣赏风景。

【第553封微信】相信一见钟情的爱情

亲爱的：相信一见钟情的爱情，相信总有一个人会在岁月的拐角处静静地等你。只是你要擦亮眼睛，细心寻找。

【第554封微信】做一次梦

亲爱的：为人生做一次梦。

【第555封微信】能看到的地方

亲爱的：将人生的标杆放在自己能看到的地方。

【第556封微信】独走天涯

亲爱的：20岁学会独走天涯。

【第557封微信】找到喜爱的工作

亲爱的：25岁前找到喜爱的工作。

【第 558 封微信】 30 岁前

亲爱的：30 岁前生下自己的快乐宝宝。

【第 559 封微信】 打好基础

亲爱的：打好基础，要在 40 岁，不再为金钱奔波。

【第 560 封微信】 帮助

亲爱的：去帮助一个比自己不幸的人。

【第 561 封微信】 问好

亲爱的：向不认识的人问声好。

【第 562 封微信】 伸出友好之手

亲爱的：向曾经绊倒自己的人伸出友好之手。

【第 563 封微信】 配角

亲爱的：做一次人生的配角。

【第 564 封微信】 改掉一个坏习惯

亲爱的：利用七天时间改掉一个坏习惯。

【第565封微信】理财计划

亲爱的：每月做一个理财计划。

【第566封微信】看一次日出

亲爱的：看一次日出。

【第567封微信】叛逆一次

亲爱的：叛逆一次。

【第568封微信】畅饮一次

亲爱的：畅饮一次。

【第569封微信】美食一次

亲爱的：美食一次。

【第570封微信】蓝颜知己

亲爱的：找一个蓝颜知己。

【第571封微信】故乡的泥土

亲爱的：珍藏一抔故乡的泥土。

【第 572 封微信】 童年的快乐

亲爱的：重拾童年的快乐。

【第 573 封微信】 参加一次葬礼

亲爱的：参加一次葬礼，体会生命的可贵。

【第 574 封微信】 人生最大的贵人

亲爱的：人生最大的贵人，永远是——自己。

【第 575 封微信】 女人最先衰老的

亲爱的：女人最先衰老的从来不是容貌，而是那份不顾一切的闯劲！

【第 576 封微信】 先学会从众

亲爱的：先学会从众，再学会与众不同。

【第 577 封微信】 年轻时

亲爱的：年轻时我们总认为自己已经足够成熟，等足够成熟时，才发现，当年的自己是多么年轻。

【第 578 封微信】 享受人生的每一个阶段

亲爱的：享受人生的每一个阶段。记住：人生最好的礼物是享

受，而不是获得。

【第 579 封微信】 平凡世界的平凡故事

亲爱的：灰姑娘的故事，有，但极少。更多的灰姑娘最终是变成了灰妈妈灰奶奶，这些，才是平凡世界的平凡故事。

【第 580 封微信】 超越自己

亲爱的：不求与人相比，但求超越自己，要哭就哭出激动的泪水，要笑就笑出成长的性格。

【第 581 封微信】 用汗水拼搏

亲爱的：与其用泪水悔恨今天，不如用汗水拼搏明天。

【第 582 封微信】 当眼泪流尽的时候

亲爱的：当眼泪流尽的时候，留下的应该是坚强。

【第 583 封微信】 没有加糖的咖啡

亲爱的：人生就像一杯没有加糖的咖啡，喝起来是苦涩的，回味起来却有久久不会退去的余香。

【第 584 封微信】 下一秒会有希望

亲爱的：这一秒不放弃，下一秒就会有希望。

【第 585 封微信】 珍惜

亲爱的：曾经拥有的不要忘记，难以得到的更要珍惜，属于自己的不要放弃，已经失去的留作回忆。

【第 586 封微信】 你要适应孤独

亲爱的：没有人陪你走一辈子，所以你要适应孤独，没有人会帮你一辈子，所以你要奋斗一生。

【第 587 封微信】 人都是逼出来的

亲爱的：每个人都是有潜能的，生于安乐，死于忧患，所以，当面对压力的时候，不要焦躁，也许这只是生活对你的一点小考验，相信自己，一切都能处理好。时世造英雄，穷则思变，人只有压力才会有动力。

【第 588 封微信】 快快乐乐的生活

亲爱的：如果你简单，这个世界就对你简单。简单生活才能幸福生活，人要自足常乐，宽容大度，什么事情都不能想繁杂，心灵的负荷重了，就会怨天尤人。要定期对记忆进行一次删除，把不愉快的人和事从记忆中摈弃，人生苦短，财富地位都是附加的，生不带来死不带去，简简单单的生活就是快快乐乐的生活。

【第 589 封微信】 人生没有彩排

亲爱的：人生没有彩排，每一天都是现场直播。正因为时光流逝

一去不复返，每一天都不可追回，所以更要珍惜每一寸光阴，孝敬父母、疼爱孩子、体贴爱人、善待朋友。

【第590封微信】怀才就像怀孕

亲爱的：怀才就像怀孕，时间久了会让人看出来。人，切莫自以为是，地球离开了谁都会转，古往今来，恃才放旷的人都没有好下场。所以，即便再能干，也一定要保持谦虚谨慎，做好自己的事情，是金子总会发光。

【第591封微信】如果错了请止步

亲爱的：人生如果错了方向，停止就是进步。人，总是很难改正自己的缺点，人，也总是很难发现自己的错误，有时，明知错了，却欲罢不能，一错再错，把握正确的方向，坚守自己的原则，世界上的诱惑很多，天上永远不会掉馅饼，不要因为贪图一时的快乐而付出惨痛的代价，如果发现错了，一定要止步。

【第592封微信】人生两大悲剧

亲爱的：人生两大悲剧：一是万念俱灰，一是踌躇满志。现代的人好像特别脆弱，报纸上经常报道有名人得抑郁症，这些人一定是从一个极端走向另一个极端。正因为踌躇满志，才坚信自己是完美的，是无所不能的，如果受到一点挫折，就会变得极度自卑，甚至失去继续生活的勇气。为自己找一个准确的定位，享受生活乐趣。

【第593封微信】爱美女人的七双鞋子

亲爱的：一个爱美的女人至少应该拥有七双鞋子：一双找乐子、

一双调情、一双工作、一双度假、一双春宵一刻、一双从未穿过和一双你不喜欢的鞋子。

【第 594 封微信】 掌握之中

亲爱的：我们好像生活的影子，不管如何的奔跑，生活总是跑在我们的前面。于是有人放慢了速度，有人改变了方向，有人彻底放弃了，能快速冲过终点的，只是极少数人。生活是没有捷径的，它考验的是你的恒心与耐力，只要你多坚持一下，多忍耐一会儿，不悲叹过去，不荒废现在，不惧怕未来，一切就会在你的掌握之中。

【第 595 封微信】 人生是需要用苦难浸泡的

亲爱的：人生是需要用苦难浸泡的，没有了伤痛，生命就少了炫彩和厚重。只有在伤口中盛开的花朵，才是陪伴我们默默前行的风景。不要在意小小的委屈，难过只是你心情的点缀，而不是制约你灵魂的枷锁。该铭记的，就把它雕刻在心灵的石碑上；该淡忘的，就把它融入宣泄的泪水中。让我们从困苦中借力，在隐忍中坚强。

【第 596 封微信】 总会有路

亲爱的：如果想走出阴影，那就让你的脸面向阳光；如果你想告别懦弱，那就让心在历练中慢慢坚强；如果你想保鲜爱情，那就在奋斗中改变原先的模样；如果你想摆脱平凡的生活，那就努力让自己高傲的飞翔。没有哪件事，不动手就可以实现，这个世界虽然残酷，但只要你愿走，总会有路；如果退缩，就只能选择感伤。

【第 597 封微信】 成功早晚会露出真相

亲爱的：我们最大的悲哀，是迷茫地走在路上，看不到前面的希

望；我们最坏的习惯，是苟安于当下的生活，不知道明天的方向。我们的失败，有时和素质无关，而是在困境中缺少韧性，坚持成了我们最短的短板。但凡成功者，并非都是出类拔萃，而是他们清楚黑暗终会有尽头，只要忍受了、挺住了，成功早晚会露出真相。

【第598封微信】 最好相忘于江湖

亲爱的：再好的东西都有失去的一天，再深的记忆也有淡忘的一天，再爱的人，也有远走的一天，再美的梦也有苏醒的一天。该放弃的决不挽留，该珍惜的决不放手。分手后不可以做朋友，因为彼此伤害过！也不可以做敌人，因为彼此深爱过。

【第599封微信】 不平等的爱情多半会夭折

亲爱的：一路上走来，我们总会患得患失，总会放弃不了某件事，放手不了某个人，总是天真地以为：只要坚持就有结果，只要执着就有希望。光阴不候，昨日渐远，等走过那段路再回望，当初的坚持，曾经的执着，都是我们情感深处的一厢情愿。不属于你的东西，要学会尽早地放弃，这是一种生活谋略，更是一种人生智慧。

【第600封微信】 梦想的高度须你抬头可见

亲爱的：有谁没有梦想，有谁不愿爬上梦想的巅峰？可又有几人梦圆，又有几人的梦想不被残酷的现实压成粉末，随风飘远？没有梦想，我们的心灵是残缺的；梦想断了，无异于幻想，只能编织一段伤心的记忆。所以梦想的高度，须你抬头可见，然后执着地攀登；梦想的距离，不要超出视角，然后努力地靠近。

【第 601 封微信】 大成功

亲爱的：我们看一个人成功与否，往往以财富多少论英雄，以事业大小定乾坤。这种成功，来也迅疾，去也匆忙，常常会被以后的失败无声地湮没。真正的成功，是一种做人的成功，要我们具备一种眼光，看得清局势；一种胸怀，装得下形势；一种境界，跟得上趋势。唯有不拘泥利益得失，不陷身物质囹圄，方为一种大成功。

【第 602 封微信】 休息是为了走更远的路

亲爱的：一路走来，太累了，停下来歇歇吧，多休息一会，是为了走更远的路。抬头看看天，看乌云的缝隙里钻出的斑驳阳光，重新拾起前行的勇气和信心；回首望望来路，想想丢下了什么，还有什么可以丢下的，只要心灵轻松些，任何放弃都是一种努力。坚定地走吧，毕竟梦想在远方，未来在远方，终点也在远方。

【第 603 封微信】 过去是一杯酒

亲爱的：过去是一杯酒，让我们在沉醉后哭泣；过去是一味药，我们习惯用回忆疗伤。过去是一种羁绊，也是一种力量。再美好的，再伤痛的，都沉淀在过去中了，只剩下一些隐约的残片，挂在那孤独的心空。不要沉迷过去，不要害怕未来，奋斗的路上，不要拒绝改变，我们失去的只是短暂，我们追寻的却是永远。

【第 604 封微信】 人生就像乘坐一辆公交车

亲爱的：人生就像乘坐一辆公交车，知道它有起点和终点，却无法预知沿途的经历。有的人行程长，有的人行程短。有的人很从容，

可以欣赏窗外的景色。有的人很窘迫，总处于推搡和拥挤之中。有的人很幸运，一上车就能落座。有时别处的座位不断空出来，唯独身边的这个毫无动静。

【第 605 封微信】 别轻易说放弃

亲爱的：如果失败之后还能呼吸，那就不要心灰意冷，再艰难也要振作；如果沧桑之后痴心未死，那就努力寻找当初的失落，有些梦想还躺在来时的路上。很多改变就在于我们下一秒的忍耐。继续的事情如果中断了，也许是一辈子的错过；当你还能承受，别轻易说放弃，坚持虽然很累，但放弃可能是终生的隐痛。

【第 606 封微信】 把自己从过去中解放出来

亲爱的：我们做过的事，遇到的人，以及所有的喜怒悲欢，都会浓缩成一个很感伤的词——过去。得失也好，成败也罢，无论快乐，还是痛苦，都过去了，你只能回忆，而无法回去。可有些时候，我们总跟过去过不去，沉迷在回味中，颓废在往事里。生活应该向前看的，只有把自己从过去中解放出来，你的脚下才有路。

【第 607 封微信】 再多坚持一秒

亲爱的：在困难面前，如果你能在众人都放弃时再多坚持一秒，那么，最后的胜利一定是属于你的。坚定的信念是获取成功的动力。很多的时候，成功都是在最后一刻才蹒跚到来。因此，做任何事情，我们都不应该半途而废，哪怕前行的道路再苦再难，也要坚持下去，这样才不会在自己的人生里留下太多的遗憾。

【第608封微信】 要充满希望

亲爱的：人生的道路上，我们每个人都不可避免地面对各种风险与挑战，结果有成功，也有失败。不过，人生的胜利不在于一时的得失，而是在于谁是最后的胜利者。没有走到生命的尽头，我们谁也无法说我们到底是成功了还是失败了。所以我们在生命的任何阶段都不能泄气，都要充满希望！

【第609封微信】 成功并不是偶然

亲爱的：经历了强烈的痛苦，然后才有着震撼人心的美丽。一个人的成功并不是偶然的，他是踩着无数的失败和痛苦走过来的，别人看到的只是他今天的光辉和荣耀。只有他自己知道，在通往成功的路上，有着被荆棘扎破的斑斑血迹。

【第610封微信】 千里之行，始于足下

亲爱的：千里之行，始于足下；不积跬步，无以至千里；不积小流，无以成江海。凡事要想做大，都得从小处做起，从眼前最基本的事务做起。如果一个人心里有远大的理想，却不愿意一步一步去努力，那他永远也不会有美梦成真的那一天。

【第611封微信】 永远的过去

亲爱的：一秒就成为了下一秒的过去，既然很多东西注定要失去的，那么，我们唯一可以做到的就是不轻易忘记。读过一句话——当你总是缅怀过去的时候，证明你现在过得并不好。所以，美好的回忆可以留存，但绝不留恋。要永远憧憬，永远在现在努力。

【第612封微信】走过去就无法回头

亲爱的：生命不是一篇“文摘”，不接受平淡，只收藏精彩，她是一个完整的过程，是一个“连载”，无论成功还是失败，她都不会在你背后留有空白；生命也不是一次彩排，走得不好还可以从头再来，她绝不给你第二次机会，走过去就无法回头。

【第613封微信】生命的厚礼只赏赐给那些肯于一尝的人

亲爱的：生命之宴该是如此吧！我对生命中的涓滴每有一分赏悦，上帝总立即赐下万道流泉；我为每一个音符凝神，他总是倾下音乐如锦。生命的厚礼，原来只赏赐给那些肯于一尝的人。

【第614封微信】请等待那个对你生命有特殊意义的人

亲爱的：有些人一辈子也无法心心相印，他们孤独的只剩下肉体和金钱的交换了。所以，请等待那个对你生命有特殊意义的人。

【第615封微信】人之一生

亲爱的：不论继续相爱或决定分手，常认为自己吃亏的爱情，绝对是双重损失，不但损失了你看见的那一部分，也损失了会令对方怀念的部分。你明白，人的一生，既不是人们想象的那么好，也不是那么坏。

【第616封微信】财富

亲爱的：金钱可以买来一定程度的幸福，也可以买来社会地位。

可一旦吃穿住的问题解决了，你多赚的每一元钱的意义就会越来越小。

【第 617 封微信】 欲望

亲爱的：欲望是幸福的敌人，所以知足者常乐。调查表明，不与别人比高低所带来的幸福是高收入所带来的幸福的 5 倍。

【第 618 封微信】 大同小异

亲爱的：我们用大同小异的方式来到这个世界。带着大同小异的构造，持着大同小异的习性。需要爱人的同时，也都需要能被人爱着。我们明明在那么多的地方相似着。却为什么又能在更多的地方，看到无法迈出脚步的巨大鸿沟？那些即使用眼角余光也能被自己轻易发觉的斑斓，在另一个人的眼里，又是如何成为了无论如何撑大眼睛也看不见的灰白呢？关于记忆和内心的一些道理，我曾仿佛有一点明白过。却又确实的，因这一点明白，而产生出了更大的困惑。

【第 619 封微信】 要么你去驾驭生命要么生命驾驭你

亲爱的：其实人与人之间本身并无太大的区别，真正的区别在于心态，“要么你去驾驭生命，要么生命驾驭你。你的心态决定谁是坐骑，谁是骑师。”在面对心理低谷之时，有的人向现实妥协，放弃了自己的理想和追求；有的人没有低头认输，他们不停审视自己的人生，分析自己的错误，勇于面对，从而走出困境，继续追求自己的梦想。

【第 620 封微信】 态度

亲爱的：一辈子做公主有一种态度，不卑不亢，从容优雅，面对

一切。

【第621封微信】人需要寻找另一片风景

亲爱的：在人生的旅途中，最糟糕的境遇往往不是贫困，不是厄运，而是精神和心境处于一种无知无觉的疲惫状态：感动过你的不能再感动你，吸引过你的不能再吸引你，甚至激怒过你的不能再激怒你。这时，人需要寻找另一片风景。

【第622封微信】如果不开心了

亲爱的：如果不开心了就找个角落或者在被子里哭一下，你不需要别人同情可怜，哭过之后一样可以开心生活；亲爱的自己，学会控制自己的情绪，谁都不欠你，所以你没有道理跟别人随便发脾气，耍性子。

【第623封微信】从前的从前

亲爱的：明天的明天，永远的永远，华丽的青春断了线，是谁的铅笔在洁白的纸上划下了年轻的誓言，知道不能实现，却在转身前就泪流满面，阳光下的操场，你微笑的脸，像昨天只能怀念，光阴划过了左脸忘记了说再见，从前的从前，就在那个再也记不起的雨天，温度从指尖走远。

【第624封微信】明天就好了

亲爱的：有时候想找人说说话，于是一遍遍翻看手机里的电话簿，却不知道可以给谁发个短信或打个电话，最后还是按下了“清除”。其实很想找个人倾诉一下，却又不知从何说起，最终的最终是什么也不说，告诉自己，明天就好了。

【第 625 封微信】 笑着擦干眼泪

亲爱的：有些人很坚强，喜欢在流泪的人面前，开导逗笑，又无所不能，总是轻而易举地帮助别人解决难题，为了理想，再苦再累也心甘情愿。但面对自己的创伤，他们只会躲在角落里看着伤口变大，只有面对最信赖的人时，才会丢盔弃甲，委屈地流下眼泪。在哭过之后，笑着擦干眼泪说，没关系，我可以做得很好。

【第 626 封微信】 别再为错过了什么而懊悔

亲爱的：别再为错过了什么而懊悔。你错过的人和事，别人才有机会遇见，别人错过了，你才有机会拥有。人人都会错过，人人都曾经错过，真正属于你的，永远不会错过。

【第 627 封微信】 需要的唯有时间

亲爱的：如果背叛是一种勇气，那么接受背叛则需要一种更大的勇气。前者只需要有足够的勇敢就可以，又或许只是一时冲动，而后者考验的却是宽容的程度，绝非冲动那么简单，需要的唯有时间。

【第 628 封微信】 岁月就像一条河

亲爱的：岁月就像一条河，左岸是无法忘却的回忆，右岸是值得把握的青春年华，中间飞快流淌的，是年轻隐隐的伤感。世间有许多美好的东西，但真正属于自己的却并不多。看庭前花开花落，宠辱不惊，望天上云卷云舒，去留无意。在这个纷绕的世俗世界里，能够学会用一颗平常的心去对待周围的一切，也是一种境界。

【第629封微信】请相信会幸福

亲爱的：傻孩子，请相信，会幸福。当幸福来到的时候，请敞开胸怀去接受吧，然后，好好的经营、呵护。用最单纯的感情去恋爱，就好像从没有受伤一样，不要让下一个人去弥补已经离开的人留下的伤害。傻孩子，请相信，新的一年会幸福，一定一定。

【第630封微信】这个世界

亲爱的：花儿不为谁开，也可以为自己开，世界不为谁存在，也可以为自己存在。花未全开，月未圆。这是人间最好的境界，花一旦全开，马上就要凋谢了，月一旦全圆，马上就要缺损了。而未全开未全圆，仍使你的心有所期待，有所憧憬。

【第631封微信】把握好每次演出

亲爱的：看的是书，读的却是世界；沏的是茶，尝的却是生活；斟的是酒，品的却是艰辛；人生就像一张有去无回的单程票，没有彩排。每一场都是现场直播。把握好每次演出便是最好的珍惜。将生活中点滴的往事细细回味，伤心时的泪、开心时的醉，都是因追求而可贵。日落不是岁月的过，风起不是树林的错。只要爱过等过付出过，天堂里的笑声就不是传说。

【第632封微信】世界没有悲剧和喜剧之分

亲爱的：世界没有悲剧和喜剧之分，如果你能从悲剧中走出来，那就是喜剧，如果你沉湎于喜剧之中，那它就是悲剧。如果你只是等待，发生的事情只会是你变老了。人生的意义不在于拿一手好牌，而在于打好一手坏牌。

【第633封微信】 至少你还拥有一片天空

亲爱的：任何美丽而痛苦的回忆，都已成为昨日的乐章。寄情于那曾一度辉煌过的亲切记忆，辗转沉溺于早已虚幻如梦的往日悲欢，便不会看到爱情芳草重生，即使日月星辰都从你身边溜走，至少你还拥有一片天空。

【第634封微信】 唯有时间知道

亲爱的：其实，云一直在诉说天的孤寂，而这路，明明晃晃，送走了车水马龙。那月，宛如嫦娥的凝望，凝住了浮云岑茨。却非得要我起身游荡。转身便是，唯有时间，知道。

【第635封微信】 记忆里的笑容

亲爱的：这样的夏天，于生命留下的是一溜狭长而落寂的影子。在影子的深处，某些已经再也看不到的面孔偶尔还会闪烁起来。背影永远是浓的像油墨一般的黑暗。你正在离开，身影的轮廓的颜色已经迅速地退进了那片浓墨之中去。可是眉眼中的灿亮，却鲜明得融不进夜色。我想起来，便会觉得，这是一副适合搁置在记忆里的笑容。

【第636封微信】 你也在这里吗

亲爱的：再也不要做那风浪尖头的水手，只知大声疾呼，而当风浪袭来时，躲闪不及。“吾心一片磁针石，不指彼岸誓不休”，这仍是我的箴言，只是我会静静地看那川流的水，看它们的致远，看它们的落寞，看它们的感伤。我也会静静地看身旁同航的船只，看它们的执

着，看它们的勇敢，看它们的孤独，我知道，我再也不会停驻，不会留恋，任何风景，遇上了也只会轻轻地低语：“你也在这里吗?”

【第637封微信】 请珍惜我的现在

亲爱的：请珍惜我的现在，我脉脉含情的心，只在一夕间盛开。

【第638封微信】 我们再也回不去了

亲爱的：我们再也回不去了，我们不可能再有一个童年；不可能再有一个初中；不可能再有一个初恋；不可能再有从前的快乐、幸福、悲伤、痛苦；昨天，前一秒，通通都不可能再回去。生命原来是一场无法回放的绝版电影！

【第639封微信】 不要哀伤

亲爱的：凡世的喧嚣和明亮，世俗的快乐和幸福，如同清亮的溪涧，在风里，在我眼前，汩汩而过，温暖如同泉水一样涌出来，我没有奢望，我只要你快乐，不要哀伤。

闺房抽屉

【第 640 封微信】 让自己强大起来

亲爱的：你的漂亮是你的资本，但绝不是用来炫耀的，漂亮也不能当饭吃，你一定要学会自己立足社会。保持经济独立，不要想着去依靠别人，记住好好爱自己，让自己强大起来，你才可以更有魅力。

【第 641 封微信】 带上你的钱包

亲爱的：记得，出门的时候，带上你的钱包，记得抢着买单。不要以为花男人的钱是理所当然的，只有你用你自己的才是最舒坦的，前提是你一定要学会经济独立和自强。

【第 642 封微信】 留一部分爱自己

亲爱的：你可以很爱很爱一个男人，但是，要记住他不是你的全部，你要留一部分爱自己，不要被任何人牵着鼻子走，你也不是他的奴仆没有必要对男人百依百顺，但是你一定要体贴。

【第643封微信】如果你还单身

亲爱的：如果你还单身，请不要叹息，你只是还在等他来的路上，你的他会来的，要对自己有信心，满怀幸福地等待. 不要自卑，要相信自己，在他来之前，学会让自己很美丽。你千万不要觉得身边的都结伴了，自己随便找一个人算了，那真的是对自己的不负责任。如果你还单身，记得晚上不要回家太晚，如果一个人住，安全是第一。要学会自我保护。

【第644封微信】如果你有很多的时间

亲爱的：如果你有很多的时间，去在学习中收获，远远大于你看那些肥皂剧和去逛街。记住，任何人都喜欢努力的女孩子，不要觉得不耐烦，相信知识会让你很优雅。

【第645封微信】要学会过滤

亲爱的：要学会过滤，过滤你的思想，过滤的你朋友圈子，过滤你的缺点；学会让自己很干净很舒服地呈现在这个精彩的社会；学会从容，淡定，比你的容貌更能让人喜欢。

【第646封微信】即使你性子很急

亲爱的：即使你性子很急，也一定要在很多的时候学会稳而不乱，不要把自己弄得慌手慌脚，乱七八糟，学会冷静地处事。如果你性子很慢，那么学会很快地思维，学会很有效率地做事情就可以了，学会把平时走路是散步的习惯改掉就可以了。如果你任何事情都坐怀不乱，那么也是件很麻烦的事情。

【第 647 封微信】 记得守时间

亲爱的：记得守时间，记得守信用，养成良好的习惯，那将会使你的人生更有深度。

【第 648 封微信】 黑夜的时候

亲爱的：黑夜的时候，我知道你也会很害怕的，可以抱着你的大熊，抱起你心爱的抱枕，把头埋进去，那种安全感也是很温暖的，告诉自己，一切都会好的，天很快就亮了。

【第 649 封微信】 适合你的就是最好的

亲爱的：不要觉得好的化妆品就是名牌的或者价格昂贵的，记住适合你的就是最好的。你可以跟着时尚走，但是要学会保持自己该有的风度。不要 30 岁了，还要去非主流，那样是件很可笑的事情。

【第 650 封微信】 牢骚不要太多

亲爱的：你可以发牢骚，但是记得不要太多，剩下的情绪自己去消化，我不想看你和祥林嫂一样，变得悲哀。

【第 651 封微信】 记得学会责任

亲爱的：记得学会责任，不管是工作还是感情，记得，你的责任也是很重要的。

【第652封微信】 记得善良

亲爱的：你可以很笨，但是记得善良是种美丽的品质，如果你是个善良的女孩子，请你一定要保持，因为善良的你，在这个社会已经快绝种了，不过你一定要学会辨认是非，不要让自己受欺负。

【第653封微信】 记得不要乱花钱

亲爱的：记得不要乱花钱在那些没有意义的事情上，让自己的储蓄灌后备充足是你成功的基石，好好工作，很踏实地爱你的工作，做你喜欢的工作，就和你经营你的生命一样，你一定会很精彩。

【第654封微信】 气质是可以修炼的

亲爱的：气质是可以修炼的，从现在开始，你可以优雅如鹿。当你看见一位连你也很动心的美丽女性，记得不要巴巴地看着，昂起你的头，轻盈地擦肩而过，学会升华自己的境界。

【第655封微信】 有必要去学习哲学

亲爱的：有必要去学习哲学，会让你明白很多生活的道理，你会觉得研究哲学是件有趣的事情。相信自己是最好的，是最幸福的，心怀美好，精致如你

【第656封微信】 尽量让每一天充实

亲爱的：尽量让每一天充实。只有让自己忙碌，才会消退痛苦和无聊。芙烈达·卡萝说过一句很经典的话：“我喝酒是想把痛苦溺死，

但这该死的痛苦却学会了游泳”。我想告诉你的是，痛苦永远不会因为你的妥协而自动放弃生命，痛苦和无聊是世界上最有生命力的东西。

【第 657 封微信】 选书的时候要非常慎重

亲爱的：选书的时候要非常慎重。因为如果你买错了一件衣服，你失去的只是金钱。而读错了一本书，意味着你失去了读另一本好书的时间和机会。

【第 658 封微信】 拒绝买一送一的诱惑

亲爱的：不要看到“买一送一”“半价促销”就激动地把商品放进购物篮。这些东西大部分你是不需要的。

【第 659 封微信】 聪明和聪慧是不一样的

亲爱的：聪明和聪慧是不一样的。聪明只是指 IQ 高，而聪慧是不仅聪明，还知道在什么地方该聪明，在什么地方不该聪明。我希望你学会聪慧。如果你学会了聪慧，那么你应该就明白“女子无才便是德”的本质了。适时比男人聪明，适时比男人笨，这些都是一个聪慧的女人能驾驭的。

【第 660 封微信】 面临失恋的痛苦

亲爱的：很少有人不会面临失恋的痛苦。在这方面，我不想用常规的方式劝你。只是想说，这个世界没有人有义务对另一个人百分百地好。不要妄想分手了他还会像从前那样照顾你体贴你。

【第 661 封微信】星座测试

亲爱的：不要相信任何类似星座测试之类的东西，不要看到它对你的性格分析就激动万分：真的耶，好准噢！这些东西都是放之四海皆准的。

【第 662 封微信】 对别人的关怀养成一种习惯

亲爱的：要把对别人的关怀养成一种习惯。不要只在有男人在的时候才表现出同情心以及对小动物的关爱。这些，应该都是一种习惯。

【第 663 封微信】 偶像剧

亲爱的：20 以下，你相信偶像剧，那就算了。20 以上，你还相信偶像剧，那就完了。

【第 664 封微信】 面对邀请

亲爱的：需要感受几次激情是自己的选择。最好去酒店，如果非要回家，不要留下男人过夜，更不要过早地同居。要记住：肉体容易撮合，性爱无需缘分，高潮和技巧这些更经不起时间的考验。一夜情成为一世情的例子在这个星球上寥寥无几。

【第 665 封微信】 女人对自己最大的解放

亲爱的：宽容自己是女人对自己最大的解放。

【第 666 封微信】 那些幻想和浪漫

亲爱的：少看琼瑶、席娟、亦舒、或者张爱玲的爱情小说。那些故事和情节离现实生活太远，那些幻想和浪漫与你无缘。

【第 667 封微信】 不要将美丽当成饭碗

亲爱的：不要将美丽当成饭碗。那是最没出息、最不保险、也是最不经用的谋生手段。相貌姣好和身材俏丽只能归功于父母的杰作和上帝的恩赐。有多少男人要为你一掷千金无须骄傲，哪个男人肯为你付出真情才值得自豪。如何在“天生”的后面再添加“丽质”就完全依靠自己的觉悟和能力了。

【第 668 封微信】 可以无知但不能无脑

亲爱的：可以无知但不能无脑。无论你是多么的聪明、机警也比不过被这社会普度的芸芸众生。靠近你该靠近的，远离你该远离的，得到你该得到的，放弃你该放弃的。20 岁的女孩子有很多犯错的机会，但切忌犯低级错误和重复相同的错误。这与你今后的幸福有关，其中的道理你会慢慢明白。

【第 669 封微信】 要学会原谅自己

亲爱的：生活在这个物欲横流，灯红酒绿的纷繁年代实在不易。走在复杂多变的人生道路上难免跌倒、吃亏、伤痛、落泪。要学会原谅自己，这样才能懂得宽恕他人。人生无际，岁月茫茫，如同布满繁星的浩瀚夜空。20 岁的女孩子是美丽的流星划过天际，还是燃烧着的陨石坠落人间。这些因人而异。

【第 670 封微信】 删除

亲爱的：删除 QQ、手机里前男友的号码，避免神经脆弱的时候主动找他。

【第 671 封微信】 吃之前要想清楚

亲爱的：吃下去的就坚决不再吐出来，所以吃之前要想清楚。恋爱也是。

【第 672 封微信】 如此对待自己

亲爱的：为男友付出之前，想想有没有这样对待过自己。

【第 673 封微信】 遇到低谷就放自己大假

亲爱的：状态低迷的中午不如睡觉，遇到低谷就放自己大假。

【第 674 封微信】 不要借钱

亲爱的：真正看中的东西就买，不要借钱。真正喜欢的男人就追，量力而行。

【第 675 封微信】 从钱包里扣下一百块

亲爱的：节假日上街疯狂购物之前，从钱包里扣下一百块。

【第 676 封微信】银行卡的密码

亲爱的：银行卡的密码不要用男友的生日。

【第 677 封微信】不向从前的恋人诉苦

亲爱的：永远不向从前的恋人诉苦。

【第 678 封微信】鞋子

亲爱的：出门之前，根据步行的时间和强度考虑要穿的鞋子。

【第 679 封微信】记得自己的品位

亲爱的：可以淘便宜的衣服，但记得自己的品位比这个价位高。

【第 680 封微信】外养不如内调

亲爱的：桌上的护肤品永远比化妆品多、贵、好，对于女人来说外养不如内调。

【第 681 封微信】洗衣服之前戴手套

亲爱的：洗衣服之前戴手套，保护自己总没错。

【第 682 封微信】养成写日记的习惯

亲爱的：养成写日记的习惯，哪怕只言片语。

【第683封微信】不要贪慕虚荣

亲爱的：不要贪慕虚荣。虚荣是一剂毒药，而且会上瘾。

【第684封微信】要穿高跟鞋

亲爱的：要穿高跟鞋，但是不要高得太过分。

【第685封微信】不要和男人动手

亲爱的：不要和男人动手。第一，你动不过他；第二，和你动手的男人一定是个疯子。所以，不如不动。

【第686封微信】记住你喜欢的人的生日

亲爱的：记住你喜欢的人的生日，包括你的家人，当然，还有自己。

【第687封微信】有失淑女风范

亲爱的：不要在路上无所顾忌地吃东西，有失淑女风范。

【第688封微信】白痴行为

亲爱的：天真纯洁很好，但是不分场合的天真就是白痴行为。

【第689封微信】学会承受痛苦

亲爱的：学会承受痛苦。有些话，适合烂在心里，有些痛苦，适合无声无息地忘记。当经历过，你成长了，自己知道就好。很多改变，不需要你自己说，别人会看得到。

【第690封微信】读书

亲爱的：读书的女人有一种内在的芳香。

【第691封微信】女人的声音

亲爱的：女人的声音有时比思想更重要。

【第692封微信】女人的羞涩

亲爱的：女人的羞涩也是一种美。

【第693封微信】有些人有些事

亲爱的：有些人，有些事，一时错过，就是一世。

【第694封微信】做通俗女人

亲爱的：做通俗女人，不做庸俗女人。

【第695封微信】年轻人玩起的东西

亲爱的：感觉，是年轻人才玩得起的东西。男女之间，最昂贵的不是玩钱，是玩感觉。

【第696封微信】 贾宝玉是可遇难求

亲爱的：林黛玉其实代代常有，那是女孩子的通性。贾宝玉是可遇难求，那是男人们的神话。

【第697封微信】 女人的自私

亲爱的：人们眼里，男人的自私是种“坏”，女人的自私是种“可爱”。

【第698封微信】 一百分

亲爱的：一百分的女人碰不上一百分的男人。

【第699封微信】 女人的直觉

亲爱的：女人的直觉大多只是错觉。

【第700封微信】 崇拜

亲爱的：一个无法令女人崇拜的男人不可靠。一个令男人崇拜的女人不可爱。

【第701封微信】 心中有爱的女孩子

亲爱的：一个心中有爱的女孩子，能够把男人身上所有的“坏”都自我加工成“好”！

【第 702 封微信】 女人与男人

亲爱的：二十几岁的女人开始向往安定、向往婚姻，但二十几岁的男人只希望能够多多认识一些不错的女人。

【第 703 封微信】 爱的结束

亲爱的：女人，不害怕一段关系的结束，只害怕爱的结束。

【第 704 封微信】 家庭战争

亲爱的："家庭战争"是一种很好的排毒工序，发泄过后，人的心境会宽了许多。

【第 705 封微信】 一枚订婚戒指

亲爱的：对于女人，一万朵玫瑰花也不如一枚订婚戒指来得实在。

【第 706 封微信】 地久天长

亲爱的：再甜蜜的情人也比不得爱人的地久天长。

【第 707 封微信】 女人的一生

亲爱的：女人的一生不只是为婚姻而准备的，那个名叫"丈夫"的男人未必可保你一生的美满。

【第708封微信】征服世界

亲爱的：女人美其名曰“征服世界”，实际情况只是要征服某个男人。

【第709封微信】资产而非资本

亲爱的：女人的美丽是资产，而非资本。

【第710封微信】女人的美

亲爱的：女人的美，不是美给男人看的，是美给女人看的。

【第711封微信】拥有天下

亲爱的：漂亮女人拥有天下是应当应分，不漂亮的女人夺取天下是实力超群。

【第712封微信】生活靠的是感觉。

亲爱的：生活，靠的不是视觉，而是感觉。

【第713封微信】不花男人钱的女人

亲爱的：花男人钱的女人有魅力，不花男人钱的女人有魄力。

【第714封微信】人生最痛的一件事

亲爱的：人生最痛的一件事，不是得不到幸福，而是它向你走来，你却一脚把它踢开！

【第 715 封微信】 不一定

亲爱的：并不是付出了身体，就一定能换回自己想要的地位和财富！

【第 716 封微信】 最好命的女主角

亲爱的：女人总是败在“太自信”——总觉得自己是这世界上最好命的女主角！

【第 717 封微信】 豪门青睐清白女子

亲爱的：豪门，也总是青睐那些清白女子的。

【第 718 封微信】 把“人” 排在“钱” 之前

亲爱的：挑男人，要把“人”排在“钱”之前！

【第 719 封微信】 咒语

亲爱的：打破这个咒语：中国女人不嫁自己看好的男人，只嫁大家看好的男人。

【第 720 封微信】 只选对的不选贵的

亲爱的：买东西大家说“只选对的，不选贵的”，但女人嫁人往往是“只选好的，不选适合的”。

【第 721 封微信】 不属于自己的永远不是最好的

亲爱的：那些自称“被伤害了”的女孩注意了：他拒绝了你，不是因为他太优秀，而是因为他不够优秀，不属于自己的永远不是最好的!

【第 722 封微信】 缺了它生活便不完美

亲爱的：对于女人而言，经历，可能会让她心碎，但缺了它生活便不完美了。

【第 723 封微信】 学会妥协

亲爱的：人生不是一次接一次的胜利和幸运，而是一次一次的妥协。学会妥协，是人迈向成熟的重要一步!

【第 724 封微信】 迷人的女人

亲爱的：迷人的女人未必都是漂亮的，就如同漂亮的女人未必都是迷人的。

【第 725 封微信】 造命的人过得好

亲爱的：这个世界上，信命的人往往不如造命的人过得好，前者屈从于命运，后者敢于命运谈判。

【第 726 封微信】 女人应该懂得

亲爱的：早饭比化妆重要；吃相好的女人更有福气；别太胖，改变体重没那么难，要恒心；偶尔喝些红酒；少折腾你的头发；赫本的胸部也会下垂，请正确看待衰老；气质比样貌重要，气质与年龄无关；不要熬夜，多运动；保持微笑，微笑不花钱。

【第 727 封微信】 哭吧哭吧不是罪

亲爱的：心理专家研究发现，人悲伤时掉出眼泪中，蛋白质含量很高。这种蛋白质是由于精神压抑而产生的有害物质，压抑物质积聚于体内，对健康不利。

【第 728 封微信】 内疚会让女人变丑

亲爱的：对一个女性最有害的东西，就是怨恨和内疚。前者让我们把恶毒的能量对准他人；后者则是掉转枪口，把这种负面的情绪对准了自身。你可以愤怒，然后采取行动；你也可以懊悔，然后改善自我。但是请你放弃怨恨和内疚，它们除了让女性丑陋以外，就是带来疾病。

【第 729 封微信】 成人心理幼稚化逐渐明显

亲爱的：在我们身边，有这样一群长不大的人：没饭吃了，到爸妈家吃；没钱花了，找爸妈要；衣服脏了，打包回去让爸妈洗；遇到一点挫折和困难，首先就想让爸妈解决有人觉得这只是不成熟的表现，年龄大了自然会改，然而心理专家却认为，这是一种“成人幼稚化”的心理障碍病症。

【第 730 封微信】 不要害怕寂静与孤独

亲爱的：有些事情，是冥冥中注定的，就算再不情愿，也只能被

动地承受；有些领域，是相距甚远的，可是为了梦想，抑或为了生计，也只能违心地涉足；有些人，心中是不想失去的，可世间这匆匆的脚步，谁能陪伴你到人生的终点，也只能不甘心地放手。一路上，不要害怕寂静与孤独，唯有它们，会与我们长相厮守。

【第731封微信】 一个人的时候

亲爱的：当你一个人的时候，别想两个人的事，把回忆丢在一旁；当你一个人的时候，只想高兴的事，把忧伤抛在脑后；当你一个人的时候，释放你的情感，敞开你的心灵。

【第732封微信】 生命只是一个过程

亲爱的：生命是一个过程而不是一个目的。苦和甜来自外界，体味幸福则来自内心。学会感恩，学会满足，让快乐溢满生命的花篮。只要心是晴朗的就没有雨天。

【第733封微信】 女人要撒野

亲爱的：女人要撒野。但不管女人的野怎么让男人不知所措，男人始终以一种宽容的心态包容着女人，这是男人的博大，因为男人们确信，女人们再怎么闹，总归是她们想得到男人更多的宠爱，作为男人，没理由不让着她们点。

【第734封微信】 撒野的女人看不见

亲爱的：女人很舒服，所以女人应该节制一下自己撒野的程度，虽说撒野只是撒娇的变异，但对于男人来说，更愿意包容撒娇的女人，而撒野的女人，往往需要男人调动博大的风度去容忍，这对男人是伤害，哪怕男人表现得很无谓，可心里的苦，撒野的女人看不见。

【第735封微信】被深埋的往事

亲爱的：生活中，我们习惯用微笑掩盖痛苦，用洒脱包裹失落，用淡忘疗养伤痕。其实心中的那些伤与痛，只有自己知道，不是轻易就能够遗忘的，总会在不经意间慢慢地浮起，总会在听到某句话，想起某个人时，产生恍然如梦的感觉。那些被深埋的往事，就如影子一样，忽快忽慢地穿梭在我们的回忆中。

【第736封微信】红颜易老

亲爱的：珍惜自己的美丽，同时不断充实自己。多看书，多学习。社会、人文、政治、财经、时尚、家庭，上天没有赐你一张漂亮的脸，但你可以给自己挣一颗智慧的心。花瓶易碎，红颜易老，唯有你的内涵弥久历新。

【第737封微信】一个今天抵得上两个明天

亲爱的：一个今天抵得上两个明天。撕一张日历，很简单，把握住一天，却不容易。相信别人，放弃自己，这是许多人失败人生的开始！在最艰难的时刻，更要相信自己手中握有最好的猎枪。

【第738封微信】不要想如果

亲爱的：不要想如果。生命中不可承受之情，就在于人生没有重来的机会。如果当初如何如何，现在就不会怎样怎样，每一个岔口的选择其实没有真正的好与坏，只要把人生看成是自己独一无二的创作，就不会频频想如果当初做了不一样的选择。人生只售单程票，过

去的就过去了，更重要的是走好后面的路。

【第739封微信】 世上没有什么是永恒的

亲爱的：世上没有什么是永恒的，有时我们会与自己深爱的人永远分手！通常情况下，分手能导致沉重的痛苦、抑郁、疾病、折磨和其他一些负面情绪。其实，对待分手应心怀理智。

【第740封微信】 真真假假

亲爱的：如果所有的悲哀、痛苦、失败都是假的，那该多好？可惜，世上有很多假情假意，自己的痛苦、失败、悲哀，却偏偏总是真的。

【第741封微信】 没有免费的午餐

亲爱的：可以享受收到礼物的惊喜。但你要牢记天下没有免费的午餐，对于男人过于贵重的礼物，你用什么身份来接受它？妻子？女友？如果都不是，你要想清楚，接受它意味着怎样的付出。自己喜欢的东西努力自己买，不要指望男人送。

【第742封微信】 要把好钢使在刀刃上

亲爱的：要把好钢使在刀刃上。舍得给自己买很好的内衣和鞋子。外表的光鲜亮丽是穿给别人看的，穿的是虚荣；内在的贴身之物是穿给自己的，穿的是舒服。一个女人最美的优雅体现在内。

【第743封微信】 不要害怕拒绝他人

亲爱的：不要害怕拒绝他人，如果自己的理由出于正当。当一个人开口提出要求的时候，他的心里根本预备好了两种答案。所以，给他其中任何一个的答案，都是意料中的。

【第744封微信】 给自己一个可能

亲爱的：善待爱你的那个人，那个不希望你困扰，所以强颜欢笑、骗你说释怀了的人，那个默默关注你，从不曾离开的人，如果你还彷徨着，如果你还抑制不住的想着他，如果你还在意他的一颦一蹙，不妨给他一个可能，也给自己一个可能。

【第745封微信】 爱从来就是一件千回百转的事

亲爱的：失望，有时候，也是一种幸福。因为有所期待，才会失望。遗憾，也是一种幸福。因为还有令你遗憾的事情。追寻爱情，然后发现，爱，从来就是一件千回百转的事。

【第746封微信】 我们还都是孩子

亲爱的：曾经在某一个瞬间，我们以为自己长大了，有一天，我们终于发现，长大的含义除了欲望还有勇气和坚强，以及某种必需的牺牲。在生活的面前我们还都是孩子，其实我们从未长大还不懂得爱和被爱。

【第747封微信】 并不是所有的疼痛都可以呐喊

亲爱的：有些伤口，时间久了就会慢慢长好；有些委屈，受过了想通了也就释然了；有些伤痛，忍过了疼久了也成习惯了然而却在很多孤独的瞬间，又重新涌上心头。其实，有些藏在心底的话，并不是故意要去隐瞒，只是，并不是所有的疼痛，都可以呐喊。

【第748封微信】 放下了就释然了

亲爱的：遇到一件事，如果你喜欢它，那么享受它；不喜欢，那么避开它；避不开，那么改变它；改不了，那么接受它；接受不下，那么处理它；难以处理，那么就放下它。其实，人最难的是“放下”。放下了，就释然了。

【第749封微信】 流逝的时间

亲爱的：时间比水流失的还要快，所以想做的事情就去努力，人这辈子，至少自己得对得起自己。人生在世，俯仰之间，自当追求卓越，尽其所能。

情绪

【第750封微信】 节制感情

亲爱的：节制自己的感情，体验生活，并不意味着堕落和放纵。千万不要认同那些伪装的酷和另类。他们是无事可做的人找出来放任自己无事可做的借口。真正的酷是在内心。

【第751封微信】 别如此流浪

亲爱的：答应我，永远不要去做那种午夜背着行李，从一个男朋友家，流落到另一个男朋友家的女孩。

【第752封微信】 不要虚荣

亲爱的：虚荣的时候想想他没逼我长成曼玉、嘉欣，我没理由逼他盖过李嘉诚。

【第753封微信】 珍惜那个由着你性子的人

亲爱的：要怀有一颗珍惜之心，珍惜那个依着你由着你性子的

人。你要记得，若不是他爱你，你什么都不是！

【第 754 封微信】 因为我爱你

亲爱的：告诉那个黏人的男朋友，我爱你，我也离不开你，我也想 24 小时和你腻在一起；但还是因为我爱你，我强迫自己独立。

【第 755 封微信】 爱的玄妙

亲爱的：不管你的条件有多差，总会有个人在爱你。不管你的条件有多好，也总有个人不爱你。

【第 756 封微信】 因为不在意

亲爱的：一个人，如果没空，那是因为他不想有空，一个人，如果走不开，那是因为不想走开，一个人，对你借口太多，那是因为不想在乎。

【第 757 封微信】 别太计较

亲爱的：有的时候不要太计较，男人都有点粗枝大叶，忘了一件事，不代表他不爱你，别自己吓自己。

【第 758 封微信】 看上去挺美

亲爱的：有些东西，就是看上去挺美，比如昔日的恋人。

【第 759 封微信】 没有林黛玉

亲爱的：当代出不了林黛玉，因为，女人遇不上贾宝玉这样的惜花人。

【第760封微信】 不需要假装

亲爱的：爱那个爱你的人。如果只是你爱他，或者只是他爱你。趁早分开。女子不需要他人来假装疼爱，你也不需要假装疼爱某人。

【第761封微信】 他会动心但不会痴心

亲爱的：聪明男人，常有女人在等，女人的爱，他会动心，但不会痴心。

【第762封微信】 传统的心

亲爱的：男人一张张叛逆浪荡的面孔下，往往都有一颗传统型号的心。

【第763封微信】 占有

亲爱的：男人爱天长地久，也爱曾经拥有，不是男人花心，而是男人渴望全权占有！

【第764封微信】 天使与魔鬼

亲爱的：一个男人，有爱的时候是天使，无爱的时候是魔鬼。

【第765封微信】 神秘感

亲爱的：青涩的女子，面对心仪的男子，会努力装得“复杂”，

她用神秘感引他一探究竟。

【第766封微信】 还原真实

亲爱的：聪明的女人，面对心爱的男人，会变得简单明了，用爱还原最真实的本我。

【第767封微信】 伤因为心动过

亲爱的：一段爱有多伤人，就代表曾经它有多动人。

【第768封微信】 褪色

亲爱的：爱情如同女人的脸，时间久了，总会褪色。

【第769封微信】 不平凡

亲爱的：不平庸的女人才能获得男人不平凡的垂青！

【第770封微信】 坦白不见得的是好事

亲爱的：恋爱中，坦白不见得是好事。

【第771封微信】 面子与压力

亲爱的：对男人而言，有学问的女友是面子，太有学问的女友是压力。

【第 772 封微信】 暴露缺点

亲爱的：女人因为有缺点才可爱。聪明的女人总会把自己的破绽暴露给男人。

【第 773 封微信】 心动的正途

亲爱的：人这一辈子，会遇到无数次爱的心动，从这无数次中挑选出最适合自己的那一次才是正途。

【第 774 封微信】自私一点点

亲爱的：伟大的女人从来不是能让男人迷恋的女人，只因为她不够自私，因而也不够可爱。

【第 775 封微信】 珍惜最后一个

亲爱的：第一个男人教会了你风月情愁，最后一个男人却给了你天长地久。女人，最值得珍惜的是最后一个男人，而不是第一个。

【第 776 封微信】 对方的世界

亲爱的：爱，也许真是这个样子，每个人都有自己的注解，但却永远走不进对方的世界。

【第 777 封微信】 经得起失败

亲爱的：经得起失败，才能谈得起恋爱！

【第778封微信】 不离不弃

亲爱的：谁是谁生命中的过客，谁是谁生命的转轮，前世的尘，今世的风，无穷无尽的哀伤的精魂。回过头去看自己成长的道路，一天一天地观望，双手插在风衣的兜里看到无数的人群从身边面无表情地走过，偶尔有人停下来微笑，灿若桃花。这些停留下来的人终究会成为生命中的温暖，看到他们，会想起不离不弃。

【第779封微信】 最好不相见

亲爱的：捧一杯香茗，读一首好诗：最好不相见，如此便可不相恋。最好不相知，如此便可不相思。最好不相伴，如此便可不相欠。最好不相惜，如些便可不相忆。最好不相爱，如此便可不相弃。最好不相对，如此便可不相会。最好不相许。如此便可不相续。最好不相依，如此便可不相偎。最好不相遇，如此便可不相聚。

【第780封微信】 有心与无心

亲爱的：女人好比梨，外甜内酸。吃梨的人不知道梨的心是酸的，因为吃到最后就把心扔了，所以男人从来不懂女人的心。男人就好比洋葱，想要看到男人的心就需要一层一层去剥！但在剥的过程中你会不断流泪，剥到最后你才知道洋葱是没心的。

【第781封微信】 有些伤痕

亲爱的：有些伤痕，划在手上，愈合后就成了往事；有些伤痕，划在心上，哪怕划得很轻，也会留驻于心；有些人，近在咫尺，却是一生无缘。生命中，似乎总有一种承受不住的痛。有些遗憾，注定了要背负一辈子；生命中，总有一些精美的情感瓷器，在我们身边跌碎，然而那裂痕却留在了岁暮回首时的刹那。

【第 782 封微信】 错失的机会

亲爱的：有些人一直没机会见，等有机会见了，却又犹豫了。有些事一直没机会做，等有机会了，却不想再做了。有些话埋藏在心中好久，没机会说，等有机会说的时候，却说不出口了。有些爱一直没机会爱，等有机会了，已经不爱了。有些话有很多机会说的，却想着以后再说，要说的时候，却已经没机会了。

【第 783 封微信】 听见爱情

亲爱的：我听见爱情，我相信爱情，爱情是一潭挣扎的蓝藻，如同一阵凄微的风，穿过我失血的静脉，驻守岁月的纪念。生如夏花，死如秋叶，还在乎拥有什么。蓦地，我就伤感起来。

【第 784 封微信】 错过就不会再来

亲爱的：能牵手的时候，请别肩并肩；能拥抱的时候，请别手牵手。能相爱的时候，请别说分开；拥有了爱情，请别去碰暧昧。在一起的时候，请别轻易分开，因为爱你的人，错过了就不会再来。

【第 785 封微信】 舍不得

亲爱的：人最软弱的地方，是舍不得。舍不得一段不再精彩的感情，舍不得一份带来满足的虚荣，舍不得热烈的掌声。我们永远以为最好的日子是会很长很长的，不必那么快离开。就在我们心软和缺乏勇气的时候，最好的日子最好的爱情都毫不留情地逝去了。

【第786封微信】最适合的时间

亲爱的：你最爱的，往往没有选择你；最爱你的，往往不是你最爱的；而最长久的，偏偏不是你最爱也不是最爱你的，只是在最适合的时间出现的那个人。

【第787封微信】爱比喜欢难

亲爱的：事实上爱上一个人很容易，喜欢一个人却是很难，感情的平淡往往都来源于喜欢的消退。喜欢很容易转变为爱，爱过之后却很难再说喜欢。爱一旦建立容易长久，而喜欢则是即时更新的状态。讨对方喜欢才是爱情甜蜜的保障，是半刻不能松懈的。

【第788封微信】爱要走过去

亲爱的：其实，你喜欢一个人，就像喜欢富士山。你可以看到它，但是却不能搬走它。你有什么方法可以移动一座富士山呢，回答是，你自己走过去。爱情也如此，能走过去就已经足够。

【第789封微信】只是惯性

亲爱的：人都有惯性，比如一个人天天晚上9点打电话给你，2个星期之后不打了，你肯定难受，这就是特正常的一个心理作用。所以，当你习惯了他天天绕在你周围，突然他又远离你的时候，你不甘心了吧，开始惦记他了吧。别相信你就真的那么喜欢他了，这只是一个惯性作用而已。

【第790封微信】你爱的人也在爱着你

亲爱的：望着窗外，如果树枝在风中轻轻摇摆，那么，你爱的人也正爱着你；侧耳倾听，如果听见你的心跳，那么你爱的人也在爱着你；闭上眼睛，如果你的唇边挂着一丝微笑，那么，你爱的人也在爱着你！

【第 791 封微信】 对爱你的人好点

亲爱的：有时候我们有些近视，忽略了离我们最真的情感；有时候我们有些远视，模糊了离我们最近的幸福。一辈子很短，远没有我们想象长，永远真的没有多远。所以，对爱你的人好一点，对自己好一点，今天在你枕边，明天可能成了陌路。如果这辈子来不及好好相爱，就更不要指望下辈子还能遇见。

【第 792 封微信】 爱其实就像打计程车

亲爱的：爱其实就像打计程车。第一，不像公共汽车，只需等待就会自动来到你的面前，而需要你先向它招手才停；第二，如果你碰到的是空车，那就是你的幸运，但往往车上已经有人了；第三，走了多少距离就要付出多少代价。

【第 793 封微信】 别再伤心

亲爱的：伤心没有用，如何让自己好好地生活才最重要，爱情虽美，却不是生活的全部，天长地久，海枯石烂的爱情微乎其微，相濡以沫，白头偕老的婚姻却随处可见，离去的是注定今生错过。别再伤心，属于你的，一定在某一个地方等着你的出现。

【第 794 封微信】 爱的世界

亲爱的：在爱的世界里，没有谁对不起谁，只有谁不懂得珍惜

谁。能够说出的委屈便不算委屈，能够抢走的爱人便不算爱人。不说出委屈就只能委屈自己，不放走不爱你的人，就得不到爱你的人。

【第795封微信】总有一个人

亲爱的：总有一个人，一直住在心里，却告别在生活里——忘不掉的是回忆，继续的是生活，来来往往身边出现了很多人，总有一个位置，一直没有变。看看温暖的阳光，偶尔还是会想一想。

【第796封微信】想念

亲爱的：躲在某一时间，想念一段时光的掌纹；躲在某一地点，想念一个站在来路也站在去路的让你牵挂的人。

【第797封微信】寂寞

亲爱的：寂寞的人总是会用心记住他生命中出现过的每一个人，于是总是意犹未尽地想起每个星光陨落的晚上一遍一遍数寂寞。

【第798封微信】爱在路途中

亲爱的：恋爱就像长途旅行时在中途买了张硬座票，你刚刚上车坐下，马上跳出一个满脸横肉的家伙，粗声大气地指着你的鼻子吼道：这是我的座位！恋爱就像闷热天的旅途，当你经过长时间苦等，好不容易找到一个座位时，你会听到列车广播里传来一个亲切甜美的女声：本次列车已经到达终点站。

【第799封微信】谁是你拿来爱的人

亲爱的：每个人的初恋，大都十分纯情。跨过了初恋，爱情就生出了很多姿态。有人变得风流，见一个爱一个；有人冷漠，再不会拿出真心爱第二个人；不是每个人，都适合和你白头到老。有的人，是拿来成长的；有的人，是拿来一起生活的；有的人，是拿来一辈子怀念的；谁是你拿来爱的人，你寻见了吗？

【第800封微信】希望是爱情

亲爱的：在一起一天拉手在街上那是一夜情，在一起一年拉手在街上那是恋情，在一起五年还能在街上拉手那是感情，在一起十年在街上拉手是亲情。如果三十年后，还能一起拉手在街上散步那才是爱情。

【第801封微信】爱的方式

亲爱的：爱一个人，不是一定要天长地久的厮守。爱的方式有很多种，不一定拥有才是幸福，有些爱，只适合深深地藏在心里，说出来就是错，有些人只适合远远地看着，走过了，就会失去，他已经走了，就不要再去纠缠，爱要爱得投入，放要放得干脆。

【第802封微信】爱是不公平的

亲爱的：太爱一个人，你会无原则地容忍他，慢慢地他习惯于这种纵容，无视你对他的付出。他会习惯你对他的好，而忘了自己也应该付出，忘了你一样需要得到回报，他完全被你宠坏了。不要以为你爱对方十分，他也会爱你十分。爱是不讲道理的，爱也是不公平的。

【第803封微信】别忽视自己

亲爱的：太关注外在潮流的人，往往都忽视了自己。

【第 804 封微信】 爱是一种感觉

亲爱的：爱是一种感觉，即使痛苦，也会觉得幸福；爱是一种体会，即使心碎，也会觉得甜蜜；爱是一种经历，即使破碎，也会觉得美丽；爱好像是一场游戏，谁都不愿意让这个游戏停下。

【第 805 封微信】 爱是什么

亲爱的：爱是夜里和你数着星星的安闲舒适；爱是无微不至的真心呵护；爱是无所不能的承受与付出；爱是轰轰烈烈的爱恨交织；爱是磕磕碰碰中的修修补补；爱是异乡窗前的无尽思念；爱是遥远城市里有所依托的幸福；爱是炎炎夏日里一把凉风缕缕的蒲扇；爱是冷冷冬夜里一杯热气腾腾的咖啡。

【第 806 封微信】 爱是深深的喜欢

亲爱的：爱只有一个字，而喜欢却是两个字，如此看来爱比喜欢更精简更明确，爱的世界里容不下任何的杂质，它是不可代替的一种情感。喜欢不一定爱你，爱你就一定很喜欢你。喜欢只是一种直觉一种对对方的好感而已，爱一个人却需要你无怨无悔地为所爱的人付出，爱他所爱痛他所痛。喜欢是淡淡的爱，爱是深深的喜欢！

【第 807 封微信】 你要明白自己想要到达的地方

亲爱的：如果准备接受一份爱，那么，请你一定抬头看看前面的路，想一想自己是否做好了归于平淡、忍受寂寞的准备；如果你想要放弃一段情，那么，请你一定回头看一看来时的路，想一想牵手走过的每一个日子、一起经过的每一次风雨。站在十字路口，你一定要明白自己想要到达的地方，勇敢走出关键的一步。

【第808封微信】 不撕自碎

亲爱的：几年后，发现无数的感情不撕自碎，原本都不完整，就不需要撕碎。

【第809封微信】 爱情就像磨石子

亲爱的：其实爱情就像磨石子，或许刚捡到的时候，你不是那么的满意。但是记住人是有弹性的，很多事情都是可以改变的。只要你有心，有勇气。与其到处去捡未知的石头，还不如好好地把自己拥有的石头磨亮。很多人认为，是因为感情淡了，人才会变得懒惰，其实人先是被惰性征服，感情才慢慢淡的。

【第810封微信】 这只是让你错以为

亲爱的：一开始，他出现在你的面前，告诉你，永远喜欢你，永远不会离开你。这只是让你错以为，你可以幸福得像个被宠溺的孩子，让你错以为，只要抱住他，就可以拥有整个世界。

【第811封微信】 无法彻底

亲爱的：相爱时，我们明明两个人，却为何感觉只是独自一人？分开后，明明只是独自一人，却为何依然解脱不了两个人？感情的寂寞，大概在于：爱和解脱，都无法彻底。

【第812封微信】 莫名其妙的事

亲爱的：人们总在不设防的时候喜欢上一个人。没什么原因，也

许只是一个温和的笑容，一句关切的问候。可能未曾谋面，可能志趣并不同，可能不在一个高度，却牢牢放在心上了。冥冥中该来则来，无处可逃，就好像喜欢一首歌，往往就因为一句打动你的歌词或旋律。爱或者不爱，是最让人莫名其妙的事。

【第813封微信】对与错

亲爱的：有些感情是指甲，剪掉了还会重生，无关痛痒。而有些感情是牙齿，失去以后有个疼痛的伤口，永远无法弥补。对的时间，遇见对的人，是一生幸福。对的时间，遇见错的人，是一场心伤。错的时间，遇见错的人，是一段荒唐。错的时间，遇见对的人，是一生叹息。

【第814封微信】无法改变的习惯

亲爱的：有些事，我们明知道是错的，也要去坚持，因为不甘心；有些人，我们明知道是爱的，也要去放弃，因为没结局；有时候，我们明知道无路可走，却还在前行，因为这已成了一种无法改变的习惯

【第815封微信】倘若爱在尽头

亲爱的：倘若爱在眼前，等待片刻也太长；倘若爱在尽头，等待终生也短暂。

【第816封微信】错误的想法

亲爱的：情如鱼水是爱情双方的最高的追求，但是我们都容易犯一个错误，即总认为自己是水，而对方是鱼。

【第 817 封微信】 自己挖坑自己跳

亲爱的：爱是两个人的事，如果你还执著着，纠缠着，原地打滚痛苦的爱着。时过境迁之后，你会发现，是自己挖了个坑，下面埋葬的全部都是你的青春。所以，该放手时要舍得，该转身时要懂得，没有人是你的唯一。

【第 818 封微信】 记得他的好

亲爱的：遇到你真正爱的人时，要记得努力争取和他相伴一生的机会，因为当他离去时，一切都来不及了；遇到可相信的朋友时，要记得好好和他相处下去，因为在人的一生中，可遇到知己真的不易；遇到曾经爱过的人时，要记得微笑，因为他是让你更懂爱的人。

【第 819 封微信】 因为绝情

亲爱的：因为某人绝情，你的生活从此变了样。后来，时光不知不觉中飞逝，同样的天空不同的世界，无意间你又爱上了别人，就像当初一样，让人甜蜜让人笑，偶尔的一次回想，才知道当初他给的绝望，也是一种新的希望。不同的是，这个人却从来舍不得你伤。

【第 820 封微信】 别等不该等的人

亲爱的：时间，让深的东西越来越深，让浅的东西越来越浅。看淡一点，伤就会少一点，时间过了，爱情淡了，也就散了。别等不该等的人，别伤不该伤的心。我们真的要过了很久很久，才能够明白，自己真正怀念的，到底是怎样的人，怎样的事。

【第821封微信】不要让自己变成非爱他不可

亲爱的：如果你希望一个人爱你，最好的心理准备就是不要让自己变成非爱他不可。你要坚强独立，自求多福。让自己有自己的生活重心，有寄托，有目标，有光辉，有前途。总之，让自己有足够多的可以使自己快乐的源泉，然后再准备接受或不接受对方的爱。

【第822封微信】相爱，就这么难

亲爱的：如果爱是1，不爱是0。两人都爱：1×1=1就是相爱。两人都不爱：0×0=0就是不爱。有一个人爱，一个人不爱：1×0=0单方面的爱情不会有结果。两人都只各爱一半：0.5×0.5=0.25爱的成分变得比原来的一半还少。世界那么大，爱上一个人那么容易，被爱也那么容易。但要两情相悦，就这么难。

【第823封微信】爱过，就美丽

亲爱的：最喜欢的，不一定是最好的；最好的，不一定是最合适的；最合适的，才是最值得珍惜的。有心能知，有情能爱，有缘能聚，有梦能圆。年轻的情怀，喜欢一个人，爱一朵花，其实并没有错。人生短短几十年，不要给自己留下了遗憾，想笑就笑，想哭就哭，只要爱过，喜欢过，珍惜过，就是美丽的。

【第824封微信】致女孩

亲爱的：如果他怠慢你，请你离开他不懂得珍惜你的人不要为之不舍；如果发短信息给他一直不回信，不要再发了，没有这么卑微地等待；如果不开心就睡一觉，伤心还好，伤胃就不好了；想哭就哭想笑就笑，不要因为世界虚伪，你也变得虚伪了；保持一份自信，宁可高傲地发霉，不要低调地恋爱。

【第 825 封微信】爱的含义

亲爱的：爱是一克宽容；一克接受；一克支持；一克倾诉；一克难忘；一克浪漫；一克交流；一克为她祈求；一克道歉；一克认错；一克体贴；一克了解；一克道谢；一克改错；一克体谅；一克开解；一克不是忍受；一克不是质问；一克不是要求；一克不是遗忘；最后一克不要随便牵手，更不要随便放手。

【第 826 封微信】了不起

亲爱的：现实中有勇气追你的人，很了不起，因为希望渺茫；网络上有勇气追你的人，更了不起，因为希望更渺茫。

【第 827 封微信】爱情犹如金字塔

亲爱的：爱情就如一座金字塔，是有很多层次的，越往上爱情越少，得到爱情就越难。越是在底层越是容易感到爱情；越是从底层跨越的层次多，爱情感就越强烈。爱情其实就是一种期盼，是一种心灵的感受。只要我们用心去发现，去感受，就会发现爱情其实就在我们身边，只是这样的爱情常被我们忽略。

【第 828 封微信】打心底爱一个人

亲爱的：打心底爱一个人，会连自己都控制不了，哪还有功夫管爱到八分好，还是十分好；打心底爱一个人，希望他一切都好，希望他不会难过，更怕他因自己伤心或失望，甚至宁愿做错事的人是他，

受伤的是自己。看见别人吵架、亲密，想到的一定是他，他一句我爱你，你却拿着手机反复看一个晚上。

【第829封微信】爱与不爱都无言

亲爱的：不要对爱说抱歉，爱与不爱都无言。爱情是永恒的主题，回忆美好，或者选择忘记伤害。沉醉于情思萌动的幽想，陶然于凄美的相思。山盟海誓的安排只为擦肩那一刻，心痛的感觉如此的难。

【第830封微信】错爱

亲爱的：时间人物地点统统不对，你是被错爱的那个。

【第831封微信】真正属于我们的

亲爱的：结婚证是纸的，婚房暂时是自己的，产权是国家的；婚礼是父母的，儿子暂时是自己的，将来是另一个女人；酸甜苦辣咸是生活的，爱情暂时是自己的，将来谈的或是“爱”或“情”。铭记曾经的，体味当下的，憧憬未来的，才是真实属于我们的。

【第832封微信】若爱，请深爱

亲爱的：等你说爱的那个人，等你说再见的那个人，把爱情的权利给予你，你成了爱情的审判者，决定着一个人的幸与不幸。不要用轻薄莫嘴唇弄污纯洁的真诚，若爱，请深爱，不爱，请离开。

【第833封微信】爱不是一个人的事

亲爱的：爱，绝不是缺了就找，更不是累了就换。找一个能一起吃苦的，而不是一起享受的；找一个能一起承担的，而不是一起逃避的；找一个能对你负责的，而不是对爱情负责的。爱不是一个人的事，而是两个人的努力，两个人的奋斗，两个人的共同创造。

【第 834 封微信】 爱在一起

亲爱的：有些人不可能在一起，可他们的心在一起；有些人表面在一起，但心却无法在一起；有些人从没想过在一起，却自然而然地在一起；有些人千辛万苦终于在一起，却发现其实他们并不适合在一起。就算最后，我们没有在一起，至少爱，还会在一起，爱在一起，就在一起。

【第 835 封微信】 曾经爱过

亲爱的：如果你在你的一生里遇到了你心爱的人，两个人在冬天的风下疯狂，在夏天的雨中漫步可以说你是幸运的。为爱情在落泪，为爱情在心碎。曾经也浪漫过。无论结局怎么样都应该说是幸福的吧，白头到老固然很好，如果分手了，或者为爱情而伤心也是很幸福的，毕竟你曾经爱过。

【第 836 封微信】 不甘心只是朋友

亲爱的：很多的感情，都因为一厢情愿，最后连朋友都当不成了。一些本来很好的友情，最后却因为对方的一句喜欢你，如果你没有反应，这一段友情也难以维持下去。表白了之后不是成了男女朋友，就是连朋友都当不成了。然而，我还是永远都不甘心，和你只是朋友。

【第 837 封微信】 不同的人

亲爱的：总会在不同的时候有不同的人来陪你走一段，或许是在

你低落的时候默默关怀你，或许在你得意的时候给你更多信念，或许是和你共患难，或许是和你共享福在你的这些深深浅浅的记忆中，总会有一个值得让你用一生来缅怀的，还有一个正在让你用一生来深爱的人。

【第838封微信】 因为距离

亲爱的：我们一生当中，并不可能只爱一个人，但往往有一个人，让你笑得最甜，让你痛得最深，往往有一处美丽的伤口，成为你身体上不能愈合的一部分！因为陌生，所以勇敢，因为距离，所以美丽。

【第829封微信】 男女差异

亲爱的：男人恋爱意味着从丰富走向成熟，女人恋爱意味着从单纯走向深渊。女人失恋后留下的是伤口，男人失恋后留下的是老茧。

【第840封微信】 如果有来生

亲爱的：如果生命中注定要留存下来什么，那么不论悲与喜、乐与忧，都是我们生命中无法剥离和抛弃的。如果把它当作财富，甘愿守护一生的话，它便是我们一生享用不完的。有的时候我想：如果真的有来世，我愿意付出一切。没有终点，也没有起点；没有相逢，也没有分离；所有的一切都会一直延续。

【第841封微信】 伤心没有用

亲爱的：伤心没有用，如何让自己好好地生活才最重要，爱情虽美，却不是生活的全部。天长地久、海枯石烂的爱情微乎其微；相濡以沫、白头偕老的婚姻却随处可见。离去的是注定今生错过；而属于你的，一定在某一个地方等着你的出现。

【第 842 封微信】 真正的爱情不是一见钟情

亲爱的：真正的爱情，不是一见钟情，而是日久生情；真正的缘分，不是上天的安排，而是你的主动；真正的自卑，不是你不优秀，而是你把对方想得太优秀；真正的关心，不是你认为好的就要求对方改变，而是对方的改变你是第一个发现的；真正的矛盾，不是对方不理解你，而是你不会宽容对方。

【第 843 封微信】 最宝贵的东西不是你拥有的物质

亲爱的：最宝贵的东西不是你拥有的物质，而是陪伴在你身边的人。不能强迫别人来爱自己，只能努力让自己成为值得爱的人。爱总是会使我们有太多期许，而最终只是觉得有些许厌倦，不知道该往哪里去。爱情就是这样，有些人会慢慢遗落在岁月的风尘里，哭过，笑过，吵过，闹过，再恋恋不舍也都只是曾经。

【第 844 封微信】 没那么勇敢

亲爱的：原本以为，只要紧握就可以到永远，却没想到，握得越紧，失去的也越快。因为害怕，怕失去，怕一个人面对孤单的世界。原来你没那么勇敢。

【第 845 封微信】 有缘与无缘

亲爱的：与你无缘的人，你与他说话再多也是废话；与你有缘的人，你的存在就能惊醒他所有的感觉。有些人即使在认识数年之后都是陌生的，彼此之间总似有一种隔膜，仿佛盛开在彼岸的花朵，遥遥

相对，不可触及。而有些人在出场的一瞬间就是靠近的，仿佛散失之后再次辨认。那种近，有着温暖真实的质感。

【第846封微信】 无情与有情

亲爱的：人天生多情，只是会对某一个人长情。女人天生专情，但会对某一个人绝情。男人和一个喜欢的人在一起的时候，心里还有一个或多个她。因为他多情。女人和一个喜欢的人在一起她所想的就是他。即使有更好的男人出现她也不会放弃。因为她的专情。而当她决定放弃一切都没有余地了，因为她绝情！

【第857封微信】 人生没有永远的爱情

亲爱的：人生，没有永远的爱情，没有结局的感情，总要结束；不能拥有的人，总会忘记。人生，没有永远的伤痛，再深的痛，伤口总会痊愈。人生，没有过不去的坎，你不可以坐在坎边等它消失，你只能想办法穿过它。人生，没有轻易的放弃，只要坚持，就可以完成优雅的转身，创造永远的辉煌！

【第848封微信】 抹不去的伤痕

亲爱的：当我们的爱情染上了尘埃，会等待一场风暴的洗礼，有些人，有些事，是不是你想忘记，就真的能忘记的？最痛苦的是，消失了的东西，它就永远的不见了，永远都不会再回来，却偏还要留下一根细而尖的针，一直插在你心头，一直拔不去，它想让你疼，你就得疼，抹不去那永久的伤痕。

【第849封微信】 谁能明白谁的深爱

亲爱的：让女人念念不忘的是感情，让男人念念不忘的是感觉。

感情随着时间沉淀，感觉随着时间消失。终其是不同的物种，所以，谁又能明白谁的深爱，谁又能理解谁的离开？

【第850封微信】 比爱更真切的东西

亲爱的：相信爱情，是美妙的可以让人流泪的东西，即使无果，即使有过，也无所畏惧；如果你还在计较的话，那就不是爱。那是比爱更真切的东西，有人叫它自私，有人叫它生活。

【第851封微信】 我们已经学会了

亲爱的：所有人都认为我们该认真的时候，我们在玩；而所有人都觉得我们在玩时，我们已经学会了认真。在爱情的国度里，到底还是像孩子一样纯真，勇敢，不计得失，才会真的觉得比较幸福。

【第852封微信】 暗恋时光

亲爱的：年少时候，为了能够跟他匹配，你不断地使自己变得完美、智慧、贤良、淑德，努力的学习，考上一个好大学，考研，工作尽管你们最后没有在一起，你会结婚、生孩子，他也会有他的生活，可你还是庆幸当初有那么一个坚定的暗恋。

【第853封微信】 闪恋

亲爱的：这是他们的故事：9 个小时前，她和他是陌生人；9 个小时里，她和她相遇相知相爱；9 个小时后，她和他成为恋人。她曾以为他会是她的依靠，以至于她忘了他的年龄比自己小，他的学历比自己低，可他却害怕 2 个小时车程的距离。过了黄金 72 小时之后，她和他再次变成陌路人。原来，爱始终追赶不上改变。

【第854封微信】这首歌

亲爱的：这首歌，总是不经易地奏起。这首歌牵引着你的快乐。光阴飞逝，再听到这首歌时，你已退到了旁观者的位置。烙印着某种味道，掺杂着难过这首歌原来也哀伤。

【第855封微信】爱情的青苹果

亲爱的：爱情是生长在枝头的那颗青苹果，远远望去仿佛一伸手就能抓到，可是走近了，却是在连踮起脚都抓不到的地方也许只有等待她成熟得压弯枝头的时候，才能吃到，知道那究竟是酸，还是甜。

【第856封微信】暗恋是一种自毁

亲爱的：暗恋是一种自毁，是一种伟大的牺牲。暗恋，甚至不需要对象，我们不过站在河边，看着自己的倒影自怜，却以为自己正爱着别人。

【第857封微信】感情生锈了

亲爱的：感情生锈了，维系你们的除了习惯再没有别的什么了，你们坐下，冷静地谈了又谈，最后得出结论，该分手了。那么，这种分手的伴侣，其中的一人通常很快会找到新的爱情，而另一个开始频繁地更换情人。

【第858封微信】以后不会重来

亲爱的：当与爱人分手时，你会遗憾在最后一次没有充分享受他的拥抱和亲吻。你考虑是否应该最后一次和他亲热，像第一次那样在最后一个美妙的夜晚后你再放开他，意味着你们的关系最后画了一个感叹号。为什么不呢？重要的是你要准备好真的是最后一次，以后不会重来。

【第 859 封微信】 珍惜爱的时光

亲爱的：天长地久是一种谎言，是我们对爱情的一厢情愿。我们一开始就被谎言包裹着，对未来是那么的惴惴不安。爱情的天空里是常有风雨的，不要轻易地说永远，因为永远不是一种生命的距离，而是一种心态，如果哪天心态变了，这种永远也就到了结束的时候。所以，珍惜相爱的时光，走好脚下的路，是最重要的。

【第 860 封微信】 终归平静

亲爱的：繁花谢去，静流细水。爱情无论多么浪漫、轰烈、经典，都逃不过惊鸿一现，都会终归平静。经得起时间考验的是爱情，经得起涟漪却不能走到最后的只能是不纯的爱或不洁的情。

【第 861 封微信】 爱本质是给予而非获取

亲爱的：弗洛姆说：爱本质是给予而非获取。愿爱着和被爱的人幸福。愿伤者能够勇敢走出阴霾，翻开新的一页。愿即将爱、正在爱的人努力付出、珍惜。愿你可以给予别人爱，并不图回报。爱情，真的不能多一笔，也不能少一笔。

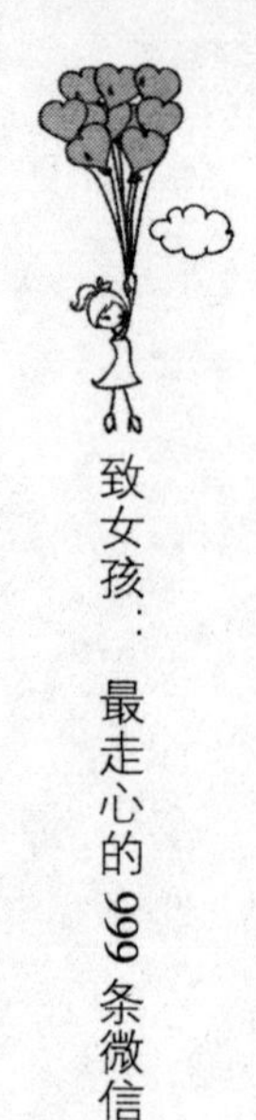

成长

【第862封微信】 别和自己过不去

亲爱的：不要在一件别扭的事上纠缠太久。纠缠久了，你会烦，会痛，会厌，会累，会神伤，会心碎。实际上，到最后，你不是跟事过不去，而是跟自己过不去。无论多别扭，你都要学会抽身而退。

【第863封微信】 向日葵的脊梁

亲爱的：一个人，不生气，要爱自己！只有会疼自己的女孩，才有能力再去爱别人！学学那小小的向日葵，只要你挺直脊梁，努力地去寻找阳光所在的地方，生活就会对你展开笑颜。

【第864封微信】 生活可以很复杂也可以很简单

亲爱的：生活可以很复杂也可以很简单，我们不要总活在忧伤和痛苦之中。

【第865封微信】 捕捉快乐是一种能力

亲爱的：凭什么那些人都那么高兴的活着，我们却要在他们的阴影下忧郁！我们要好好活，比任何人过得都幸福！但是人必须了然生活的缺憾，才会懂得及时捕捉它的完满瞬间。捕捉快乐的能力决定着一个人能够拥有怎样的生活！

【第866封微信】 拨弄是非的女孩常常碰壁

亲爱的：要知道，拨弄是非的女孩常常碰壁。

【第867封微信】 安全感

亲爱的：太完美的男人给不了女人安全感，而安全感则是女人一生都在寻找的东西。

【第868封微信】 往昔的回忆

亲爱的：不要记性太好，回忆越多的女人幸福越少，幸福不是对往昔的回忆，幸福是对未来的憧憬。

【第869封微信】 学着“自私”

亲爱的：学着“自私”，是女人摆脱麻烦的前提。

【第870封微信】 不必言悔

亲爱的：年轻不必言“悔”，但年轻时所有的“悔”都会赶在年

老时上门收债的。

【第871封微信】女孩的心态不可以沧桑

亲爱的：女孩的经历可以沧桑，但女孩的心态绝对不可以沧桑。

【第872封微信】做自己的公主

亲爱的：你可以做自己的公主，但不要指望做全世界的公主。

【第873封微信】生活的过程

亲爱的：生活，是一个不断展示优点和暴露缺点的过程。

【第874封微信】对生命要敬畏

亲爱的：一生何其短暂，如流星之于夜空；生命何其卑微，如尘埃之于苍穹。然而，我们常常会短视和浅见，总以为今天很长，明天就是永远；总以为自己很高，登顶即为山峰。于是，在有限的人生里，我们极度挥霍；在浩渺的宇宙中，我们肆意践踏。对时间要珍爱，对生命要敬畏，我们才能找回最本真的自己。

【第875封微信】苦与累

亲爱的：我们对生活的感悟常常就两个字：苦与累。生活本是五味杂陈，不是因为苦味太浓，而是我们对它太敏感，只要感觉一丁点苦，就好像置身苦海，对甜的味蕾就会渐渐地麻木。至于累，不是选择得太多，就是在选择与放弃之间徘徊得太久，人为地给心灵负重。只要你愿意放下，你的心中就会海阔天空。

【第 876 封微信】 一生都在受伤

亲爱的：我们这一生都在受伤，有些伤在皮肤，愈合后凝成了往事；有些伤在心上，哪怕很轻很轻，也会顽固地盘踞在我们的精神里，变为一种无法承载的痛。很多时候，我们是在毫无防备中受伤的，一句话，一件事，都有可能让牵手成为陌路。那些曾经的伤，犹如破碎的精美瓷器，只留下一些残片，沉淀在往后的记忆中。

【第 877 封微信】 学会放弃

亲爱的：我们追求的东西总是很多，我们的梦想总是很遥远。一个目标实现了，我们就马不停蹄地赶往下一个目标。我们已经不会在奔波中放松身心，在收获中愉悦精神了，我们总是把自己弄得很苦很累。得不到的，学会放弃吧，不要无穷地放大自己的欲望；拥有在手的，学会珍惜吧，它会在悄悄地改变我们人生的走向。

【第 878 封微信】 心放淡一点

亲爱的：知道感情不可能刻意，就不会为了谁寻死觅活。知道遗忘总是必然的，就不会为一时的忘却伤感。知道过去始终是存在的，就没有必要遮掩和炫耀。知道孤独总是如影随形的，就不会在某一些时刻难以自制。知道死亡总是在将来的某一刻，就能好好把握现在能做好的。知道这些，就不必勉强为难自己，心放开了，就什么都好了。心放淡一点，再淡一点，没有那么多给自己设置的心结，心境也就平和了。

【第 879 封微信】 你会遇到彩虹

亲爱的：成熟不是人的心变老，是泪在打转还能微笑。走得最急

的，都是最美的风景；伤得最深的，也总是那些最真的感情。收拾起心情，继续走吧，错过花，你将收获雨，错过雨，你会遇到彩虹。

【第880封微信】认识自己

亲爱的：人最大的困难是认识自己，最容易的也是认识自己。很多时候，我们认不清自己，只因为我们把自己放在了一个错误的位置，给了自己一个错觉。所以，不怕前路坎坷，只怕从一开始就走错了方向。

【第881封微信】遗忘是不可更改的宿命

亲爱的：遗忘，是我们不可更改的宿命，所有的一切都像是没有对齐的图纸。从前的一切回不到过去，就这样慢慢延伸，一点一点地错开来。也许错开了的东西，我们真的应该遗忘了。

【第882封微信】另一个自己

当明天变成了今天成为了昨天，最后成为记忆里不再重要的某一天，我们突然发现自己在不知不觉中已被时间推着向前走，这不是静止火车里，与相邻列车交错时，仿佛自己在前进的错觉，而是我们真实地在成长，在这件事里成了另一个自己。

【第883封微信】好好去爱

亲爱的：好好去爱，去生活。青春如此短暂，不要叹老。偶尔可以停下来休息，但是别蹲下来张望。走了一条路的时候，记得回头看。时不时问问自己，自己在干吗。

【第884封微信】只说两次

亲爱的：任何时候，任何人问你，有过多少次恋爱，答案是两次。一次是他爱我，我不爱他。一次是我爱他，他不爱我。

【第885封微信】抓住现在

亲爱的：接受已有的。珍爱已有的。当你把现在紧紧抓牢，会发现：自己拥有的，并不比别人少。

【第886封微信】人生是一张单程车票

亲爱的：人生就像一张有去无回的单程车票，没有彩排，每一场都是现场直播。曾经拥有的不要忘记；已经得到的更加珍惜；属于自己的不要放弃；已经失去的留作回忆；想要得到的一定要努力；累了把心靠岸；选择了就不要后悔；苦了才懂得满足；痛了才享受生活；伤了才明白坚强。

【第887封微信】咫尺天涯

亲爱的：你遇上一个人，你爱他多一点，那么，你始终会失去他。然后，你遇上另一个，他爱你多一点，那么，你早晚会离开他。直到一天，你遇到一个人，你们彼此相爱。终于你明白，所有的寻觅，也有一个过程。从前在天涯，而今咫尺。

【第888封微信】爱的名义

亲爱的：不要以爱的名义，去伤害爱你和你爱的人，因为谁也没

有伤害别人的权力！爱你的人如果你不爱，请给他留点尊严；你爱的人如果不爱你，请尊重他的选择。是鸟儿就让它在天空飞翔，是鱼儿就让它在水中欢畅，占有不是爱的本意，伤害也不是爱的目的。不论爱与不爱，产生纠葛已是前世修来的缘分。

【第889封微信】曾经拥有的不要忘记

亲爱的：曾经拥有的不要忘记；已经得到的更加珍惜；属于自己的不要放弃；已经失去的留作回忆。累了把心靠岸；选择了就不要后悔；苦了才懂得满足，痛了才享受生活，伤了才明白坚强；总有起风的清晨，总有绚烂的黄昏，总有流星的夜晚；不管昨天、今天、明天，能豁然开朗就是美好的一天。

【第890封微信】如果你还爱他

亲爱的：如果你还爱他，什么也不要再对他说，什么也不要再做，把所有的思念和牵挂封存，把所有的痛苦和悲伤细细收藏，他已经不再是你的唯一，继续一厢情愿地付出只会成为对方的烦恼，继续无休止的关怀，只会变作对方的心债。

【第891封微信】好好珍惜

亲爱的：很多人，很多事，原本是熟悉的，以为明天可以再继续，于是转身暂时放手，想的是明日又将重聚。你回应，我靠近天堂，你沉默，我成了经过。在这个世界上，一个人一生中能遇到几个值得你去爱的人？——所以遇到了就要好好珍惜，别等到秋天时才说春风已吹过，别等到告别时才说曾经真的爱过！

【第 892 封微信】仅仅局限于影子而已

亲爱的：我们希望自己的另一半，温柔，体贴。可是，没有哪个男人，生下来就懂得照顾女人的。好男人，都是女人调教出来的。所以，当我们拥有一个好男人的同时，应该知道，我们所享受的，是另一个女孩的成果。那么容许你的男人，心里有一个影子，不要去嫉妒，也不要试着破坏，但是仅仅局限于影子而已。

【第 893 封微信】只求在我最美的年华里遇到你

亲爱的：一生至少该有一次，为了某个人而忘了自己，不求有结果，不求同行，不求曾经拥有，甚至不求你爱我，只求在我最美的年华里，遇到你。

【第 894 封微信】执子之手

亲爱的：一生就这么一次，谈一场以结婚为目的的恋爱吧。不再因为任性而不肯低头，不再因为固执而轻言分手。最后地坚信一次，一直走，就可以到白头。就那样相守，在来往的流年里，岁月安好。唯愿这一生，执子之手，与子偕老！

【第 895 封微信】没有谁能伤害我

亲爱的：请这样对自己说：曾经以为没有了你，我就没有了全世界，可是现在你离开了，我的世界依然还在。原来失去一个曾经深爱的人，不能左右我的世界，我只是短暂地迷失了方向。原来，你伤害我，不是因为你有多好或不好，是因为我给了你伤害的机会。如果我不愿意，没有谁，可以伤害我。

【第896封微信】缘分并不像空气那样廉价

亲爱的：如果曾经有一个人为了你而等待，不管是三年还是三个月，请不要那样轻率地选择拒绝。这世间的缘分并不像空气那样廉价，再平凡不过的相遇与相识，亦是前世的修行在今生的回报。没有谁人能够轻易而又不求回报地为一个人付出一段寂寞的等待。即使没有欣喜的结果，也一度温暖过冷若冰霜的心灵。

【第897封微信】只能向前走

亲爱的：这世界上，没有能回去的感情。就算真的回去了，你也会发现，一切已经面目全非。唯一能回去的，只是存于心底的记忆。是的，回不去了，所以，我们只能一直往前。

【第898封微信】爱的成长

亲爱的：曾经我们非常珍爱，皆因岁月无形的手，慢慢剥离了爱的光环，也让当初的誓言，落成一地晶莹的玻璃碎片。爱情是要在时间中漂洗的，要么沉淀成一张发黄的照片，要么就在我们朴实的生命中怒放。我们不是萍水相逢，幸福不是刹那间的感觉，它就融化在我们牵手的甜蜜中，溶解于看似斑驳的生活里。

【第899封微信】一路有你

亲爱的：我们成长，90后路过80后的路，80后路过70后的路。一路上我们似曾相识，一路受伤，一路逞强，一路做梦，一路倔强。被误解，被奚落，被嘲笑，被讽刺。我们都哭过，笑过，用力爱过，用力恨过，有难忘，也有遗憾。前面的路，不再有那么多失望，我们手拉手一起勇敢走下去。

【第900封微信】 对与错

亲爱的：在对的时间，遇见对的人，是一生幸福；在对的时间，遇见错的人，是一场心伤；在错的时间，遇见错的人，是一段荒唐；在错的时间，遇见对的人，是一阵叹息。

【第901封微信】 无可奈何的遗忘

亲爱的：很多我们以为一辈子都不会忘记的事情，就在我们念念不忘的日子里，被我们遗忘了。人生总是因为有回忆，而多了分美好。偶尔的回忆胜过永远的想念。毕竟日子是会越来越好的。

【第902封微信】 生命无法用来证明爱情

亲爱的：生命无法用来证明爱情，就像我们无法证明自己可以不再相信爱情。在这个城市里，诚如劳力士是物质的奢侈品，爱情则是精神上的奢侈品。可是生命脆弱无比，根本没办法承受那么多的奢侈。

【第903封微信】 只有一个人让你笑得最甜

亲爱的：我们一生当中，并不可能只爱一个人，但往往有一个人让你笑得最甜，让你痛得最深，往往有一处美丽的伤口，成为你身体上不能愈合的一部分！因为陌生，所以勇敢，因为距离，所以美丽。

【第904封微信】 因为爱过

亲爱的：一段不被接受的爱情，需要的不是伤心，而是时间，一

段可以用来遗忘的时间。一颗被深深伤了的心，需要的不是同情，而是明白。因为爱过，所以慈悲；因为懂得，所以宽容。

【第905封微信】美丽不是永恒的资本

亲爱的：女孩豆蔻年华，青春靓丽，撩人心扉；男孩初出茅庐，事业艰难，生计窘迫。男孩为情所迷，爱得真挚忘我、无怨无悔；女孩心高气傲，从未旁顾。斗转星移，造化弄人。当女孩心生厌倦，回头再望，男孩已经功成名就，出双入对。年轻的女孩请记住，美丽不是你永恒的资本，当初的错过才是最痛心的错过。

【第906封微信】原来的方向

亲爱的：我不喜欢说话却每天说最多的话，我不喜欢笑却总笑个不停，身边的每个人都说我的生活好快乐，于是我也就认为自己真的快乐。可是为什么我会在一大群朋友中突然地就沉默，为什么在人群中看到个相似的背影就难过，看见秋天树木疯狂掉叶子我就忘记了说话，看见天色渐晚路上暖黄色的灯火就忘记了自己原来的方向。

【第907封微信】一起走过的岁月

亲爱的：有朋友的日子里总是阳光灿烂，花朵鲜艳，有朋友的岁月里天空不再飘雨，心不再潮湿，有朋友的时候才发现自己已经拥有了一切。我们可以失去很多，但不能失去的是朋友。朋友不是一段永恒，朋友也只是生命中的一个过客，但因为这份缘起缘灭使生命变得美丽起来。即使没有将来又有何关？至少，不能忘记的是朋友以及与朋友一起走过的岁月。

【第 908 封微信】 生命中总有许多来来往往的人

亲爱的：生命中总有许多来来往往的人，就像我们走路时马路上那些过客，有与我们背道而行的，也有与我们走向同一个方向的。与我们背道而行的，也许我们转瞬即忘，岁月的风，会把他们吹到我们记忆的边缘，甚至是我们的记忆之外。

【第 909 封微信】 我们已相隔得太远了

亲爱的：也许，在生命中的某一天里，我们也还会偶尔地想起一些模糊的影子来，但也只是偶尔地想一下而已，他们在我们身后，已离我们越来越远。即使他们因为某些原因又重新折回来，可因为我们已相隔得太远了，也早已无法追得上。

岔路口

【第910封微信】 偏执地爱一个不爱自己的人

亲爱的：一个人最大的缺点，不是自私、野蛮、任性，而是偏执地爱着一个不爱自己的人。

【第911封微信】 等一个拥抱

亲爱的：你有点懒，喜欢赖床。你不太乖，喜欢捣蛋。你在陌生人面前会很安静，很冷漠，在熟人面前却很放肆，很霸道，并喜欢没形象地哈哈大笑。你也会偶尔忧郁，朋友问你怎么了，你只会说没事。其实我知道，你只是感觉累了，你只是需要一个拥抱。

【第912封微信】 不要给自己忧伤的陷阱

亲爱的：找不到答案的事情就不要再想，不要自己给自己忧伤的陷阱。

【第913封微信】 看透假装没看透

亲爱的：有时候看透了，假装没看透，就会幸福。

【第914封微信】 做不了决定的时候

亲爱的：做不了决定的时候，让时间帮你决定。如果还是无法决定，做了再说。宁愿犯错，不留遗憾！

【第915封微信】 永远尽力而为

亲爱的：我为你已取得的成就感到骄傲，你也应该感到自豪。继续好好干。继续在任何事上都尽最大努力。没人能要求更多了。

【第916封微信】 没有什么永垂不朽

亲爱的：没有错误可以永垂不朽，永垂不朽的是人反反复复念叨错误的一颗心。

【第917封微信】 让多情的男人自娱自乐

亲爱的：多情男人对一个女人的好，是建立在对另外一个女人的“坏”的基础上的。多情，也是男人游走情场名正言顺的理由，让他们自娱自乐去。

【第918封微信】 让自己放手是一种魄力

亲爱的：让世界低头，是一种霸气！让自己放手，也是一种

魄力！

【第919封微信】 理智的女人才能赢

亲爱的：关键时刻理智的女人才能赢；少点自怜自爱更容易幸福；肯吃亏的女人一定占便宜。

【第920封微信】 放弃一些吧

亲爱的：我们都要死的，但并非我们都曾真正的活过。我们被夹在世界的缝隙里，无奈地看着别人活着，或者为着别人而活，我们在一生的奔走中逐渐失去了自我。不能做真正的自己，这是我们最大的痛苦。大胆一些吧，不必有太多的仰望；放弃一些吧，无须有太多的寻找。为自己而活，你的人生定义才能准确而完美。

【第921封微信】 大成功

亲爱的：我们的心在喧嚣的路上颠簸，有时感觉很累很无语，渴望停下来，哪怕是发发呆，想想往事。有时走着走着，总觉得这不是自己的方向，想转身，可总有很多东西羁绊着脚步，让你无奈地朝前走。我们追求的很多，需求的却是很少，只要放下心灵上不必要的累赘，让心情简单着，快乐着，这也是人生的一种大成功。

【第922封微信】 少些计较

亲爱的：我们之所以会心累，就是常常徘徊在坚持和放弃之间，举棋不定。我们之所以会烦恼，就是记性太好，该记的，不该记的都会留在记忆里。我们之所以会痛苦，就是追求的太多。我们之所以不快乐，就是计较的太多，不是我们拥有的太少，而是我们计较的太多。

【第 923 封微信】 关键性的一刻

亲爱的：这一刻是一个决定；是一次选择；是向左，还是向右；是继续，或者放弃。是跟过去告别的一刻；是勇敢擦拭伤口的那一刻；是抉择未来的那一刻。要开心，先要“开”心。

【第 924 封微信】 丢失自己

亲爱的：我们喜欢仰望，喜欢比较。仰望别人的成功，感觉自己的卑微；仰望别人的幸福，慨叹自己的不幸；比较别人的得志，愤然自己的失意；比较别人的快乐，放大自己的苦痛。有些东西是无法比的，只要你成功了，你无须比别人更成功；只要你快乐了，你不用比别人更快乐。当你盯着别人的时候，你就慢慢丢失了自己。

【第 925 封微信】 无法挽留

亲爱的：总有很多东西无法挽留，比如走远的时光，比如枯萎的情感；总有很多东西难以割舍，比如追逐的梦想，比如心中的深爱。人生路上有很多未知因素，时时改变着我们行进的方向。一条路走不通的时候，不要眷恋前面的风景，不要回望来时的行程，鼓足勇气转个弯，或许就能转出生机，转出柳暗花明。

【第 926 封微信】 抬头看看

亲爱的：当你的心真的在痛，眼泪快要流下来的时候，那就赶快抬头看看，这片曾经属于我们的天空；当天依旧是那么的广阔，云依旧那么的潇洒，那就不应该哭，因为我的离去，并没有带走你的

世界。

【第 927 封微信】 过去了是门没过去是槛

亲爱的：所谓门槛，过去了就是门，没过去就成了槛。把事情变复杂很简单，把事情变简单很复杂。时间是治疗心灵创伤的大师，但绝不是解决问题的高手。世界上只有想不通的人，没有走不通的路。

【第 928 封微信】 倒向你的墙

亲爱的：也许这面倒向你的墙，让你无法呼吸，也许会让你失去一切，但是如果沉默的接受，那么，倒向你的还是那面墙，如果你挺起肩膀，抬起头来你会发现很多事情不是向我们想象的那么糟。“永远不要后退，退到最后无路可退”。

【第 929 封微信】 给自己一条生路

亲爱的：不要在发现你的爱情没有爱了的时候，还固执地坚持，有时候放手，不光是给他自由，还是给自己一条生路。

【第 930 封微信】 请你离开他

亲爱的：如果一个男人开始怠慢你，请你离开他。不懂得疼惜你的男人不要为之不舍，更不必继续付出你的柔情和爱情。

【第 931 封微信】 转身

亲爱的：当一个男人对你说：分手吧。请不要哭泣和流泪，应该笑着说：等你说这话很久了。然后转身走掉。

【第932封微信】 知道自己要什么

亲爱的：知道自己要什么，包括你爱的男人。

【第933封微信】 爱的责任感

亲爱的：宁缺毋滥。不要因为寂寞随手抓一个男人，这对你和他都不公平，而且太缺乏责任感。

【第934封微信】 以最美的方式头也不要回地离开

亲爱的：如果很不幸遇上了一个以上床为目的，对你始乱终弃的男人，请先微笑，然后鄙视他：你是我这辈子遇见的最龌龊最无能的男人。然后用最美的方式头也不要回地离开。

【第935封微信】 自动离开

亲爱的：如果男人以他忙为理由，不来探你的病情，不回你的邮件，不关心你的现状，不能和你承担生活的重负，无法给你勇气。勇敢一点，自动离开。没有什么比自己关心自己来得实在。而一个不爱你的人，你付出的再多，他再好，那也不过是浪费时间和精力。

【第936封微信】 魅力女人

亲爱的：如果有曾经喜欢你但现在已经结婚的男子对你说：他忘记不了你，你始终是他最爱的人。请镇定地告诉他：像个男人一样生活。你这样做，既能保持冷静，又尊重和爱护了另外一个女人。这会让你更有魅力。

【第937封微信】过去就过去

亲爱的：之前你放弃的人或者放弃你的人，深夜打电话给你，挂掉之后关机。如果他守在窗口，记得拉紧窗帘。不是你狠心，而是任何经历伤痛之后的分手都会有裂痕，修补得再好也无法还原。不如就让它过去。

【第938封微信】真正的忘记

亲爱的：真正的忘记，是不需要努力的，你越是努力地去忘记一个人，到头来可能越是把他牢牢记住。忘记一个自己爱的人，最好的办法就是爱上另一个人，但是这种方法实在太难了，在这个世界上能够真正爱上一个人，就已经是很幸运的事情。

【第939封微信】不带一丝眷恋地离开

亲爱的：可以相信爱情，乐意听男人的甜言蜜语。但是务必保证一只耳朵进另一只耳朵出，切莫把这些毒药放在心里。认真游戏，但必须牢记只能游戏。优秀的男人固然值得珍惜，如果是挂上已婚的标签，记住这不是你能消费的起的，看看，然后不带一丝眷恋地离开。

【第940封微信】别让深爱变成一种痛

亲爱的：如果你不爱一个人，请放手，好让别人有机会爱她。如果你爱的人放弃了你，请放开自己，好让自己有机会爱别人。爱一个人不一定要拥有，但拥有一个人就一定要好好地去爱他。

【第 941 封微信】 学会松手

亲爱的：没有坠入爱河之前，不要设想你的爱情，爱情融化在你的创造中，绽放在你的奔波里。在合适的人出现之前，不要因为焦急而迷失，不要因为绝望而错爱，要让自己变得更加出众，要坚信那个人终究会来。爱情里没有想象，你们一样会争吵，会挑剔，不要为了爱情放弃一切，实在抓不住，要学会松手，哪怕痛彻心扉。

【第 942 封微信】 没有信任的爱情不会走得太远

亲爱的：你要是相信一个人，不管真假对错，不论黑白是非，都要全身心地相信他。如果世界上还有一个人值得信任，那就是他了；如果世界上还有一个人不会背叛，那也是他了。相信一个人是很难的，任何的风吹草动，都可能动摇它的根基。爱情里放心地相信一个人更难，可没有信任的爱情也不会走得太远。

【第 943 封微信】 岔路口

亲爱的：那些与我们同行的，有的与我们擦肩而过，有的也许会陪我们走一段距离。但时间都不会太长，人生的道路上岔道太多，在每一个路口，我们的选择都会不同。你选择了这条路，他选择了那条路，于是，只有分手。新的道路上，当然还会有新的同行者，可也同样还会有新的岔路口。

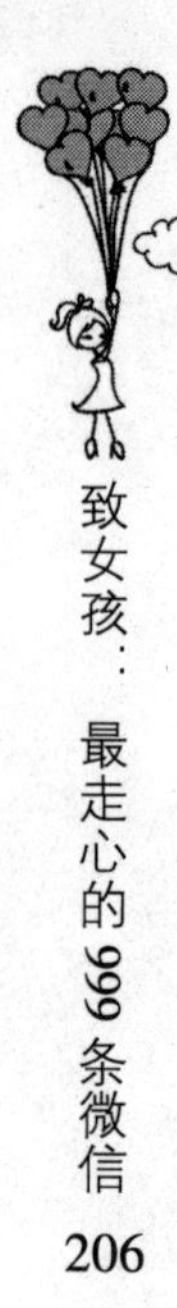

圈子

【第 944 封微信】 和这些人联系

亲爱的：每天和爸爸妈妈联系，经常跟死党交流，偶尔给不常联系的朋友发短信问候，绝不回头找以前的恋人。

【第 945 封微信】 朋友与家人

亲爱的：不要为任何人放弃你的朋友，忽视你的家人，要知道，如果有一天爱情不在了，真正在你身边支持你的不是那个曾经的山盟海誓，而是这些人。

【第 946 封微信】 不和已婚男人纠缠不清

亲爱的：外面有许多优秀的单身男人。不要和已婚男人搅在一起，不管他多么有魅力，不然你就等着以泪洗面吧。

【第 947 封微信】 穿着

亲爱的：男人要想俘获女人的心，一定不能穿得比她差。女人要想捕获女人的心，至少不能穿得比她好！

【第 948 封微信】 漂亮与性感

亲爱的：一个女人被夸赞漂亮是寻常，一个女人被夸赞性感是荣誉。漂亮女人总是敌不过性感女人。

【第 949 封微信】 能力与性感

亲爱的：能力，是女人最极致的性感！

【第 950 封微信】 自我尊重

亲爱的：独立不是女人向男人宣战，仅仅是自我尊重。

【第 951 封微信】 气质

亲爱的：女人的气质分为九品：贵、慧、娴、雅、恬、媚、俏、帅、酷。女人的终极目标是美丽和富贵。女人可以不漂亮，可以没有钱，但不可以没有气质。

【第 952 封微信】 宠物

亲爱的：伤心时，抚摸一些柔软的物品能让人变得放松。爱惜你的小猫小狗或者小公仔吧。

【第 953 封微信】 给个拥抱，

亲爱的：拥抱他人吧，这样能有效克服消极情绪和孤独感。

【第954封微信】人的优雅在于修养

亲爱的：看别人不顺眼，是自己修养不够。人的优雅关键在于控制自己的情绪，用嘴伤害人，是最愚蠢的一种行为。我们的不自由，通常是因为来自内心的不良情绪左右了我们。一个能控制住不良情绪的人，比一个能拿下一座城池的人强大。

【第955封微信】管好自己

亲爱的：人只要管好自己已经很了不起了。

【第956封微信】学会理解

亲爱的：因为只有理解别人，才会被别人理解。学会忍耐，因为事已成现实自己无法改变。学会宽容，因为人生在世谁能无过呢，人无完人。学会沉默，因为沉默是金。学会说不，因为做不到的事不要强求，做自己力所能及的事。学会观察，因为大千世界无奇不有，只有眼观其变，才能明辨是非。学会忘记，因为只有忘记已经失去的才能立足当前，展望未来。

【第957封微信】其实是知己难求

亲爱的：不管达观还是拘谨，无论高贵还是卑微，谁都可能有孤独的感觉，常常深深地萦绕在不为人所知的寂寞的情怀中。其实是知己难求。

【第958封微信】离你而去的人

——离你远去的人，是他失去了你，不是你失去了他。离开，也许是为了下个路口的更好的重逢。

【第 959 封微信】 来来往往的人群

亲爱的：来来往往的人群，来来往往的生命穿行于其中，我们渺小到仅是沧海一粟。我们无法止住时光前行的脚步，只能默默地，走完应走的路。

【第 960 封微信】 男人的朋友

亲爱的：去看看这个男人的朋友们是什么样的，注意他的朋友们对待女人的态度。还有，千万别相信一个不准备将你介绍给他的朋友圈子的男人。

【第 961 封微信】 女人与女生

亲爱的：不要在公共场合让男友丢脸，不要对他乱发脾气。对他的朋友和兄弟好一些，时刻记住女人是应该贤惠一些的，即使大家都还把自己当作一个小女生。

【第 962 封微信】 男人不是你生命的全部

亲爱的：永远不要让任何一个男人成为你生命的全部。

【第 963 封微信】 聪明的女人

亲爱的：聪明的女人被男人当成爱人，太聪明的女人被男人当成对手。

【第964封微信】缘分很奇妙

亲爱的：缘分是件很奇妙的事情，很多时候，我们已经遇到，却不知道，转了一大圈，又回到了这里。一切的一切都是机缘，抑或是定数。所以，生命中所遇到的每个人，都应该要珍惜，因为你不知道这种短暂的相遇会因为什么戛然而止，然后彼此阴差阳错，再见面，却发现再也回不去，这是多么可怕的事。

【第965封微信】生命中有一些人

亲爱的：生命中有一些人，与我们擦肩了，却来不及遇见；遇见了，却来不及相识；相识了，却来不及熟悉；熟悉了，却还是要说再见。对自己好点，因为一辈子不长；对爱你的人好点，因为下辈子不一定能遇见。

【第966封微信】生活的信条

亲爱的：生活，是用来经营的，而不是用来计较的；感情，是用来维系的，而不是用来考验的；爱人，是用来疼爱的，而不是用来伤害的；金钱，是用来享受的，而不是用来衡量的；谎言，是用来击破的，而不是用来粉饰的；信任，是用来沉淀的，而不是用来挑战的。

【第967封微信】因为懂得你的好

亲爱的：有的人对你好，是因为你对他好。有的人对你好，是因为懂得你的好！

【第 968 封微信】 再想起

亲爱的：很多人，很多事，以为明天可以再继续的。于是，转过身放手，想的是明日以将重聚的希望。太阳落下去重新升起，那些事，不可能再经历，那些人，只是生命中的过客。

【第 969 封微信】 感谢伤害你的人

亲爱的：生活中总会有伤害你的人，所以你仍然要继续相信别人，只是小心而已。感谢伤害你的人，他让你坚强并懂得怎样去爱，不要因为一次伤害而排斥那些等待“伤害”你的人，他们只会让你更懂得，而每一次你都会多获得一个“心眼”。

【第 970 封微信】 赢得自己， 赢得别人

亲爱的：做一个更好的人，确信在遇见一个新人之前。知道自己是谁，也希望那个人知道你是谁。一朝烟云，半江黄花，舟动人影，谁是红颜？恋恋风尘中，不要迷惘。也不要大意，你必须要坚信并且做到“你是个好人”，对生活、对爱情这样你才可能赢得自己，赢得别人，包括他。

【第 971 封微信】 宽以待人

亲爱的：宽待自己，也宽待别人。当你不会因为小小的不如意而生气或难过的时候，你会轻松很多。

【第 972 封微信】 去八卦

亲爱的：寂寞的时候，不要听慢歌，怀旧或者腻死在网上，站起

来做运动或者去找朋友八卦。

【第973封微信】 你不知道什么时候遇上什么人

亲爱的：即便只是下楼买水果，也记得别穿得太邋遢。你永远不知道会在什么时候遇上什么人。

【第974封微信】 别和人挤太紧

亲爱的：挤公车的时候不要和别人挤得太紧，给自己预留几公分空间。工作也是，学习也是。

【第975封微信】 朋友是一种相思

亲爱的：有一种默契叫做心有灵犀，有一种感觉叫妙不可言，谢谢朋友！因为他们，生活才能更加丰富多彩。在这宁静的夜晚，寄上温馨的祝福，带去深深的思念。

【第976封微信】 绝不自闭自怜

亲爱的：在陌生的环境里，绝不自闭自怜，不过多地沉溺在自己的小天地里，主动与人联系，付出感情，很快你会在新环境中拥有好人缘！

【第977封微信】 不要太低调

亲爱的：不要太低调，有时要强悍一点，被欺负的时候，一定要讨回来！但是不要记恨。小人之见，随他们去好了。怜悯，会使你高贵。

【第 978 封微信】 他是来通知你的

亲爱的：他说，我累了，让我冷静一段时间，好吗？你就说好，因为，他是来通知你的，不是来征得你同意的。

【第 979 封微信】 感受友情

亲爱的：感受友情，广交朋友。

【第 980 封微信】 不要把内心的骄傲摆在脸上

亲爱的：不要把内心的骄傲摆在脸上。

【第 981 封微信】 少装嫩

亲爱的：不要理直气壮地装嫩。

【第 982 封微信】 学会低调

亲爱的：学会低调，取舍间，必有得失。

【第 983 封微信】 送给你一束清新的百合花

亲爱的：朋友是心灵歇息的港湾。当身心疲惫的时候，到这里坐一坐，就会感到轻松愉快。她递给你一杯沁人心脾的香茶，送给你一束清新的百合花！

【第984封微信】 在身边

亲爱的：留言浓缩着真挚的友情，思念是心系情牵的缘分，牵挂是心交汇情的交融，关注是缘分彼此的相连。

【第985封微信】 不要哭人生难得几个真心人

亲爱的：不要哭，人生难得几个真心人，人生难得几个诚信友，人生难得几回当年笑，人生难得几杯畅怀酒。朋友是一辈子的精神财富，一生一世的心灵伴友，把最真挚的情谊放进内心深处，把最遥远的祝福送在故路楼前，朋友并没有离别，只是更永恒地留在了心间。

【第986封微信】 每个人都应该自立

亲爱的：人与人之间有同情，有仁义，有爱。所以，世上有克己助人的慈悲和舍己救人的豪侠。但是，每一个人终究是一个生物学上和心理学上的个体，最切己的痛痒唯有自己能最真切地感知。每个人都应该自立。

【第987封微信】 如果你有小心机

亲爱的：有小心机的女生是可爱的，但别把这种心计用在勾心斗角上，那样会很累。

【第988封微信】 掩饰不住的炫耀

亲爱的：你可以幸福的告诉舍友男友有多爱你，但不要大肆谈论某个你不喜欢的人怎么怎么追你。因为即使你带着无奈的口吻，依然掩饰不住炫耀性质的优越感。

【第 989 封微信】 不要轻易向人伸手

亲爱的：不要轻易向别人借较大数额的钱，尤其是交往不深的朋友或者男友。我的原则是：宁愿变卖自己的私人物品也不要轻易向人伸手。想想看，有什么身边的物品会比友情和爱情更重要呢？

【第 990 封微信】 情趣

亲爱的：一个女孩要赢得男人的喜欢，除了那些人人皆知的基本美德，最重要的是要有情趣。这就是通常意义上所说的“可爱”。可爱不是嗲着嗓子说“好喜欢你噢”就可以做到的，是一种自然的流露。可爱其实是需要潜意识的灵感的。这种灵感只有热爱生活、对未来一切充满好奇的女孩才具有。

【第 991 封微信】 不要伪装

亲爱的：一个女孩要赢得女人的喜欢，除了那些人人皆知的基本美德，最重要的是：不要让女人觉得你和她们在一起时的言行与和有男人的公共场合在一起时有明显差别。不要伪装，如果有些地方不得不伪装，那至少不要只在男人面前。

【第 992 封微信】 悔

亲爱的：不要试图与 n（n>1）个男人保持暧昧的关系，再从中选择一个作为男友。最后的结局一定是你会统统失去他们。因为你永远都会后悔自己的选择，永远都会觉得未选择的会更好。

【第993封微信】 不要让孤寂淹没自己

亲爱的：孤单的时候找好朋友聊天、逛街、吃饭。不要让孤寂淹没自己。

【第994封微信】 背后不说他人是非

亲爱的：任何情况下，背后不说他人是非。如果一定要你说，说好话。

【第995封微信】 要有几个男性朋友

亲爱的：一定要有几个男性朋友，没有非分之想，能在受到委屈时拿胸口当沙包给你锤，你也能帮他出主意追女朋友，并可以深夜里把他从床上揪起来去很远的地方接你。当然，首先你要让他女朋友或者太太认可你，否则不要试。

【第996封微信】 对自己的成全

亲爱的：把别人的刁难看作是对自己的成全。

【第997封微信】 一等人成龙成凤

亲爱的：一等人成龙成凤，次等人攀龙附凤。

【第998封微信】 需要敌人

亲爱的：要成功，需要朋友，要取得巨大的成功，需要敌人。有竞争才有发展，因为有了敌人的存在，因为有了不服输的决心，才会努力做好自己的事，所以，有时候，敌人比朋友的力量更大，天下没有永远的敌人，却有永远的朋友，有些时候，敌人也可以变成朋友。

【第999封微信】 才智对幸福的支持很有限

亲爱的：才智对幸福的支持很有限。研究证实，比较聪明的人往往有较高的欲望，不能取得更高的成就，欲望就满足不了。另外，智商高，并不等于有能力处理好人际关系。

微信后记

经过几次修修剪剪，这棵致女孩的小树苗就交到你手上了，我希望这棵小树能在你的土壤里茁壮成长，伴随你中学毕业、大学毕业、进入职场、面临一次又一次的人生抉择时，为你遮风挡雨……